目次

# 激流　渋沢栄一の若き日

# 飛鳥山

　大正の中ごろのことである。本郷の向ケ岡《むこうがおか》、現在東大農学部の在る場所に第一高等学校があった時分、私は生徒として校内の寄宿寮に入って朝夕を暮していた。いま考えてみても、お前の一代で一番楽しかった時代はいつごろだったかと尋ねられると、

「それは、若いときの高等学校のころだな」

と、答えるのに違いない。

　私たちは、ハイカラの反対の蛮カラをてらって、破れたりよごれたりした白線の帽子を貴重なものとして頭にかぶり、カスリの着物に木綿の袴《はかま》をつけ、制服のときもホオ歯の下駄を踏み鳴らして本郷通りを我物顔に行ったり来たりした。校内にある寄宿に暮していると、用がなくとも、閑《ひま》さえあれば外の風に当りたくなるものである。

　学校の勉強の方も、その時分の高等学校の法科や文科は、極めて、ゆるやかで、語学だけを習っていればよいようなものだった。それに一高では、欠席日数が一年の三分の一に達しなければ試験を受けて進級を許されたので、怠け者は、その制限にとどくまで

勝手に学校を休んで、寝坊もできれば、友達が揃《そろ》って出ている教場を外から覗《のぞ》きながら、悠々《ゆうゆう》と本郷座の昼芝居の立見に行くことも出来た。放課後などは、殊に勝手である。出入口の校門が夜遅くなって閉ざされても、垣根《かきね》でなく正門を乗り越えて入るのなら深夜になって帰っても咎《とが》められないことになっていた。正門以外の垣根をくぐったり越えて入ると、制裁を受ける不文律が出来ていたので、それを知らない外国人教師が垣の破れ目から入ったのを寮の委員が見つけて殴りつけて負傷させ、問題になった前例もある。堂々と正門を越えて帰るならば許されるというのは、いま考えても面白い制度である。

十八、九から二十一、二歳の若い時代を、こうして束縛なく暮せるのは、実に幸福なことであった。大学に入れば、世間に出るのを急ぐような気分が自然に起るが、ここでは世俗のことに超然として、思うとおり翼《はね》を伸ばして、好きなことをしていればよかった。若い年齢というのは、いろいろの新しい芽生えを準備しているものだから、それが世間の風にいじけずに、気楽に伸ばすことが出来得た。いまの六三制には見られそうもない、のどかで、おっとりとした学生気分で夢も多く、いそがないので人間も純粋な性質を見せていた。

寄宿寮の寝室では、一室に十人近くいる人数が、細長く敷いた畳の上に、一列に枕《まくら》を並べて寝た。或《あ》る晩のことだった。誰《だれ》だったか忘れたが、友達の一人が寝物語に言い出した。

「渋沢栄一《しぶさわえいいち》って、妾《めかけ》があるんだってな」

寄宿寮には消燈《しょうとう》時間というのがあって、午後十一時には電燈を元で消すので、それ以後の読書には蠟燭《ろうそく》の光を頼る。寝室では他人の睡《ねむ》りを妨げるから、本を読む者は階下の勉強部屋に居残るので、その話の出たときも、窓硝子《ガラス》越しの外の星あかりが漂って入っているだけで、皆は暗い中にいた。

「ほんとうかしら？」

と、誰か問い返した。

「渋沢さんて、人格者なんだろう？　妾なんか持つかしら……」

「ううん」

話を持ち出した男は、強く打ち消した。同じ寮にいる誰々が話したというのである。場所はいまは私も覚えていないが、大体、こういうのであった。

「あすこに質屋があるだろう。あの少し先の横手の道を入ったところだってよ。渋沢は、人力車で、こっそり来るんだって」

そう言ってから、

「一度、皆で、行って待ち伏せて顔を見てやろうか？」

この提案は、確かに、一同の心に賛同を呼び醒《さ》ました。誰も、十九歳、二十歳の若い者ばかりであった。そして揃ってまた清教徒的の気質があり、一高生は剛健でなければならないと思い込んでいる。

それから、いうまでもなく、この年ごろの青少年には、狭く単純にしか物を見ないで、仮借しない気質がある。おとなの世界を、まだ知らないし、自分たちの考え方で物を割り切らないと満足しない。古い時代の人間の倫理感覚が、性の問題には放縦なくらいにゆるやかで、明治の大官など、権妻《ごんさい》を持つのが公然のこととして許されて、それが現在も社会的遺伝となって残っていることなど、知ってはいるが、同情はないのである。生きている人間の情熱が時に埒《らち》を外《はず》して、道の外にはみ出ることがあっても不思議はないし、他人には理解のとどかない孤立した心の世界があるのだということも、いっこうに、まだ知らないでいるのである。純粋とは言い得たが、狭くしか目が見えないのである。

それに伊藤博文《ひろぶみ》とか桂《かつら》公爵とか、もはや、現代伝説となっていた政治家ならば、とかくの噂《うわさ》があっても、青年たちは、どうせ、あいつらはそういう人間なのだと思って片づくが、渋沢栄一ではなんとなく堪忍出来ないような気持が動いた。無論、誰もじかに会ったことはないが、伝え聞く渋沢栄一の円満な人格や、社会的な活動の模様はその当時の私たちの心を知らずしらず惹《ひ》きつけている。尊敬の念さえ抱いていたのである。だから、その反対のことがあるというのが、厭《いや》だったのである。

「行って、人力車から降りるときの顔を見てやるんだな」

寝床の中から私たちは笑い声を上げた。てんでに寝入るまでの暫《しばら》くの間を、この計画に若々しく酔っていたようなものだった。

どうせ、閑だから、私たちは、その路地へ出かけて、日向《ひなた》ぼっこをしながら本でも読むか駄弁《だべん》をふるいながら待っていればよいのである。本郷には、表通りから少し入ると、昼間でも人通りのすくない閑静な屋敷町がまだ残っていた。場所はそういう町の一角に違いない。静かな通りに、人力車が入って来るのが目に見えるようであった。

「渋沢が車から降りたら、皆で拍手してやろうか」

と、誰か、いたずら者が言い出した。

「どんな顔をするかだよ」

「こっちを向かせなければ、駄目だから、渋沢さんて呼んでから拍手で迎えてやるんだな。声をかけて呼ばなければ、知らぬ顔をして家の中へ這入《はい》ってしまうぜ」

「渋沢は、人力で隠れて来るけれど、その家に赤ん坊がいて、渋沢の顔にそっくりだってよ」

「嘘《うそ》だろう?」

と、誰か叫んで皆がまた笑い出した。

誰も、渋沢栄一の顔は、新聞で見る写真で知っていた。写真の渋沢栄一は、年寄って、お婆《ばあ》さんのような柔和な顔をしている。それに似た赤ん坊の顔を空想するのが、若い心には楽しかったのである。

若い心の動きとは不思議なもので、前夜これだけ皆で熱中して、すぐにも実行に移りそうに見えたものが、次の朝の光の中で顔を合せると、皆、もう忘れ去っていた。夜寝る前と朝目が醒めたときとでは、興味の働き方が猫の目のように変化するのかも知れない。また、自分から言い出した男が、二度と、その話を持ち出さなかったので、他の者は当然、冷淡になったともみられる。とにかく、渋沢さんは、このいたずら者の襲撃を免《まぬか》れ、何事も起らなかったのである。

こんな古い話を、私が思い出したのは王子《おうじ》の飛鳥山《あすかやま》へ行く自動車の中であった。飛鳥山には、もと渋沢翁が住んでいた家があったが戦災で焼け失《う》せた。しかし、こんどこの小説を書くことになってみると、建物は失われていても、ともかく、その跡を見ておきたかった。

自動車は、本郷通りを通った。子供の時分に広い通りだと思って来たものが、思ったより狭いのに驚いた。一高名物の時計台もなくなり、校舎も新しく、農学部となっている前を通って、三十数年前の寄宿の一夜のことが、急に、鮮やかに浮んで来たのである。

よくそんなことを覚えていたものだと、ひそかに感心したくらいである。そして、あのとき、友人たちと、あの夜の計画を実行に移していたら、渋沢さんには気の毒なことだが、私はこの小説の主人公の生《なま》の顔を見られて都合よかったのだった、とひとりで笑って回想に耽《ふけ》ったことであった。

家を出がけに、急に思い立って書斎に戻り、江戸名所図会《ずえ》の王子滝野川の部分をさがし出して、持って出た。元刷《もとずり》の和綴《わとじ》の古めかしい一冊だが、飛鳥山のあたりの昔のことを頭に入れておこうとして電車に乗ってから開いて眺《なが》めていると、隣《となり》の席にいた唇《くちびる》の赤い女が、異様な顔をして私の顔を覗いて見た。洋服を着た人間が紙魚《しみ》の痕《あと》のあるカビ臭い変な本を見ていると思ったのだろう。

せっかく、持って出たものの、私が求めていた飛鳥山から下の平地を眺めた画は、名所図会には出ていなかった。私は渋沢翁が晩年に、飛鳥山の屋敷の庭から見た眺望《ちょうぼう》を考えて見たかったのである。

飛鳥山滝野川には、私は、たった一度、行っただけであった。それも、牛込の築土《つくど》小学校の生徒だった時分、学校の遠足で行ったのだから、半世紀近く昔の古いことになる。無論、記憶も薄れているが、飛鳥山にかかろうとして渋沢さんの家の門の前に出たら、先生から、

「ここが渋沢さんのお屋敷だ」

と、聞かされたのを覚えている。

そこへ出るまで、かなり長く、畑ばかりの田舎《いなか》道を行列を作って歩いた。音無滝《おとなしのたき》、王子稲荷《いなり》へ行ったのと、道端に見た渋沢家の門だけ、変に、はっきり頭に残っている。木

の門だったと思う。田舎道の農家ばかり見た後で、急に際《きわ》だって大きな屋敷の門の前へ出たので、小学生の頭にも残ったのかも知れない。

電車の中で見た名所図会には王子稲荷のくだりに、装束畠《しょうぞくばたけ》、衣裳榎《いしょうえのき》と記して、田圃《たんぼ》の中の大きな木のある小さい丘《おか》に、大小の狐《きつね》がたくさん集まっている画が出ていた。あぜ道を歩いて来る狐もあって、皆、宙に鬼火のような狐火を燃やしている。説明を読むと毎年十二月の晦日《みそか》に方々から狐が夥《おびただ》しく集まって来る例になっていて現在でもそうだ。と書いてある。その狐たちが燃やす狐火を見て、付近の村の者が、翌《あく》る年の田畑の収穫がよいか悪いか、うらなうとも書いてある。もとより、まだランプもない昔の暗い夜の話だが、あのへんが淋《さび》しい田舎だったことは、この画でもわかる。

人家が建て詰って私が小学校の遠足の折に歩いた畑の中の道も姿を消してしまっては、その狐たちも当然に、どこかへ姿を消したらしい。実際に、どこまで自動車を走らせても、ぎっしりと人家が続いて、人間臭い匂《にお》いが溢《あふ》れているし、飛鳥山は町なかの侘《わび》しくやつれた丘になり変っていた。

が、見ると、コンクリートで切なく締めつけられた道路のわきに、見覚えのある渋沢家の木造の門があった。これは、また、はっきりと私の幼い日の記憶どおりのものだったので、あっと思ったくらいである。

石の柱が立っていて、渋沢翁の屋敷の址《あと》だと書いてある。が檜《ひのき》の門柱には、四角い異様の横板が打ちつけてあって、日本文と英文とで、カトリックの神学校だと書いてあった。戦災の後の変化に違いない。

英文の方を読むと学校というより修道院のように取れる。俗人の私たちが入っていいものかどうか遠慮が感じられた。白い色をした二階建の新築らしい洋館が昔の庭の名残りらしい古い樹木の向うに見えているが、人影はない。

とにかく玄関まで行って、尋ねてみることにした。植込みの間に壇を築いて、聖母マリヤの彫像が、入って行く私を見おろしていた。足もとに捧《ささ》げてある薔薇《ばら》らしい造花の枝が、日光に焼けて黄ばんだ灰色に変っている。

洋式の玄関に立って声をかけると、裾《すそ》長く黒い修道服に縄《なわ》の帯をした日本人の青年が出て来た。頭は坊主刈りである。来意を告げると、上の者に許可を求めに行ったのか、扉《とびら》の奥に入ったまま、かなり永く出て来なかった。

人がいないように建物は、ひっそりとしていた。玄関に向ってすぐと直角の方向に、これも新築の、かなり長い板塀《いたべい》があって、内外を隔離していた。あるいは断《ことわ》られるのではないかと思っていると、別の修道服の日本人が出て来て、快《こころよ》く内部に案内してくれた。

廊下を歩いて入ると、左右が、学生の部屋になっているらしく、寝台と勉強机が置いてあるのが見えた。細長いテーブルに、皿もなくパンを裸で並べてあるのが見えたのは、食堂であろう。建物の裏口から、私どもは庭に降りた。

鶏小屋がある。狭い畑が耕してあって、伊太利《イタリア》人らしい修道僧が、身を屈《かが》めて、草を取っている。

「このへんが、渋沢さんのお屋敷が立っていた跡です」

と、私は知らされた。畑に続いて、平坦《へいたん》な空地となっている場所である。片隅に、もとの庭石や石燈籠《いしどうろう》の残骸が片づけてある。その上に人間の靴《くつ》がほしてある。戦火に焼けたとはいえ、まったく空白なもので、私は失望を感じて来た。

しかし、植込みの中の道を入ると、もとの庭の面影が少しずつ現れて来た。芝を植えた築山《つきやま》がうねっている。燈籠がある。石の塀を一重隔てて隣の飛鳥山が覗いて見えた。その間にも幾たびか崖下《がけした》の線路を、電車や汽車が走って通る音が聞えていた。線路は、渋沢翁の生前から山の真下にあったのだから、この東北線の汽車が通る音は昼夜を分たずその時分から日常のものだったのに違いない。

下の広い平地を見晴らす地点に出るとゆるい崖となって降りている斜面の庭木は汽車の煤煙《ばいえん》でよごれて、青い葉が赤さびている。植物の色でなく、むごたらしい。

広い眺望はガスで曇った地平まで工場や人家で埋められている。小学生時分の私が、隣の飛鳥山から眺めたものは、もっと青々とした田園の風景で、その間を、悠々とうねって流れる川の姿も涼しく目をやすませてくれたのだが、それから半世紀の間に、生きる人間の活気はここの風景を一変させて街としてしまったのである。

「荒川《あらかわ》が見えませんか？」

と、私が、案内してくれた修道僧に尋ねると、

「今日は曇っていますから」

と、覗き込むように見て、

「あの煙突《えんとつ》のわきに、白く見えるのが、荒川です」

荒川を私が問題にしたのは、渋沢翁が二度目の結婚したとき、お嫁入りの荷物を飛鳥山に運ぶのに、陸からでなく、墨田川、荒川と舟に積んで運んだと、なにかの本で読んで、昔の嫁入り道具のいろいろを舟を揃えて艪《ろ》を漕《こ》いで運んで行く姿を、いかにも明治の昔らしい悠暢《ゆうちょう》で絵のような情景と思い、感心して覚えていたからであった。無論、そのときも途中から車に移したことであろうが、その荒川は思ったよりも遠く、たてこんだ工場の間に挟《はさ》まって、水が鈍く光っているだけなのである。

この飛鳥山の屋敷は、最初は別荘だったのが、やがて、ほんとうの終《つい》の栖《すみか》となり、昭和六年十一月に、九十二歳という、ほとんど一世紀に近い一生を終るまで翁の朝夕を暮した場所であった。この一代には、維新の革命があり、数度の対外戦争があり、平穏な時代とは決していえない。日本の国そのものが、外の先進国に伍《ご》して新しく生れ更《かわ》ろうともがきぬいていた時代だったし、同時に人間の個々の運命が重なる変動の高浪の中に揉《も》まれて、浮いたり沈んだりして来たのである。

渋沢翁の飛鳥山の晩年は児孫に囲まれていかにも静かだったもののように見える。それも翁の場合では金の力が然《しか》らしめたというよりも、人柄の徳のせいで、春の海のような老後の日に廻《めぐ》り合ったと言える。論語を一代の手本としていたが中庸《ちゅうよう》の徳が生活の上に自然とそなわった穏和な老人だったようである。

庭の間に古い池が雨水を溜《た》めて残っていた。また、夏草の繁《しげ》った中に、もとの洋館のコンクリートでかためた土台が、階段とともに見つかった。しかし、その池は、実にないにも昔を知るよすがになるものは見あたらない。花も、薄く紅《あか》い芙蓉《ふよう》が、片隅に咲いているだけであった。

暮れて来た庭を私は立ち去ろうとした。畑でなにかしていた外国人の修道僧は、屋内に入ったのか、姿が見えなくなっている。写真に残っている邸宅は、このなにもなく平《や》らで、畑と生徒の運動場になっている場所にあったのである。大きな戦災だったから已むを得ないことだったが、草むらから沁《し》み出すような秋の虫の音を聞いて立っていると、無常を思って来た。

だが、木で造った建物だから、燃えて灰となって消え失せたので、渋沢栄一というひとりの人間が、小さい手工業のほかに何もなかった日本に生れて、鉄道、瓦斯《ガス》、電気、製紙、紡績、炭鉱、麦酒《ビール》と、なにもかも新しい事業を起して日本の経済を世界の一流の水準に推し進めて来た功績は大きいし、消すことの出来ないものであった。

実になにもないところから、発足《ほっそく》したのである。彼自身が、ちょん髷《まげ》を結い、草鞋《わらじ》ばきで街道を埃《ほこり》まみれになって歩いていたころから始まるのだ。薄暗い行燈《あんどん》のほかに光はない封建の闇《やみ》の世界から出発したのである。

そして、大実業家だった彼が、

「大金持になるのは悪い」

というのが持論だと自分から書いた。

「いくら金を溜めて富豪になったからとて世界の財産を自分一人で持つわけには行かないし、一人が富を積んでも、それが社会万人の利となるわけでもない。詮《せん》ずれば、まことに無意義なものになってしまう、さばかり無意義なことに貴重なる人間の一生を捧げるというのは馬鹿馬鹿しい次第で、人間と生れた以上は、もう少し有意味に終生を過ごすのが、その本領だろう。実業家として立とうとするなら、自分の学術知識を利用し、相応に愉快な働きをして一生を過ごせば、その方が価値のある生涯だ。だから私は、金はたくさんなくともよい、働くだけは愉快にやろうというのだ」

いそがしいことでは、老年に入ってからも変りはなかったし、それを得意ともしていたようである。朝は六時に起きるし、夜は十二時ごろ寝る習慣だが、時には、仕事の都合でそれよりも遅くなる。

朝起きると風呂《ふろ》に入る。

「それから庭ぐらい散歩出来るといいのだがその閑がない。新聞をひととおり見る。朝飯を食う。毎朝来る手紙を見て、それに一々返事を書く。そのうちに誰か客が来るから、来れば必ず逢《あ》って話す。自分の主義として時間の許す限り、客には面会することにしている。毎日の用事の予約は、黒板に書いてあるから約束の時間が来ると外出する。それから十一時には兜町《かぶとちょう》の事務所へ出る。そこにはもう客が待っているのだ。客が少し絶えたときに、数十通の手紙に返事を書く。ひとりで坐《すわ》って本を読むようなことは月に一日あるだろうか？」

愉快に働きたいと言ったが、よく働く老人であった。夜は、相談だの宴会があって十時より早く家に帰るのが珍しい。早く帰宅した日は、新聞雑誌を読んだり、誰かに読ませて聞く。世間の変って行く様子を知っておくためであった。

「そうそう他人の世話ばかり焼いていないで、少しは子供のことも考えて下さい」

と、家の者から苦情が出ることがあったが、やはり、なかなかそう出来なかった。

「二つの仕事があって、一つは自分の利益となり一つは公共のことだとすると、私の性質として、やはり公共のことの方から始末することになる」

「人がこの世に生れて来た以上は自分のためのみならず、必ずなにか世のためになることをしなければならぬ」

よく他人のめんどうを見る。世話好きの性質が年齢とともに深まって来て、頼まれると親切にしてやらずにはいられなかったらしい。揮毫《きごう》をよく頼まれて、普通にそれが、三百も四百も溜《たま》っていた。書く閑が得難いのだが、筆を取るときはいかにも楽しそうに見える。

朝、詰めかけて来る客の中には、紹介状も持たない、どこの誰ともわからない人間もいたが、朝の時間ならば知らない人間にも無造作《むぞうさ》に会って話すことになっていた。

「一万円貸してくれ、貸すのが国家のためになる、というのだった」

と後で家人に笑って話すこともある。そんな人たちにも、嚙《か》んでふくめるような丁寧な話をする習慣は変らない。面会者には、順に一人ずつ会うのだが、話はいつも長くなって、外出の時間が遅れ、急にいそがしく出かけて行くようなことが珍しくない。年の若い書生の客などと、話すのが自分でうれしいらしい好々爺《こうこうや》ぶりだったと伝えられる。成功者というよりも円満で話好きな老人だったのである。

渋沢秀雄氏の書かれたものを見ると、老人が風邪《かぜ》をこじらして寝ているのを、秀雄さんたちが見舞に行き、

「いかがでいらっしゃいますか、今日は幾分およろしいようで」

と、声をかけると、老人は大げさに、わざと弱り切ったような小さい声を出して、

「ちっとも、よくはありませんよ。もう駄目です。ああわしも、とうとう、こんなから

だになってしまって」

と言う。子供たちが笑い出すと、

「お前さんたち、人のことだと思って、笑ってなんかいるけれど、いまに後悔しますよ。ああ、苦しい。ああ苦しい」

日ごろ丈夫なひとだから、患《わずら》うと、大げさに考えるのである。それが仕事の打合せに人が来ると、初めは床の上に片肱《かたひじ》をついて話しているが、やがて、むっくりと起き直って、坐り込んで、元気のいい声で、いつまででも話し始めるのである。

やはり風邪で寝込んでいるときのことである。全国の方面委員と社会事業家の代表二十人が飛鳥山の屋敷を訪ねて来て面会を求めたことがあった。

老人は、九十一歳の高齢で、ただの風邪にしても無理をすれば肺炎を起す心配があった。いま、起きて客に会うなどとは、とんでもないことだと侍医が制《と》めたが、老人は肯《き》かなかった。

「わたしはこの年になるまで及ばずながら社会事業に関係してまいったものですから、代表者の気持がよくわかるのです。二十万人の困窮者のことを思うと、自分の病気など、かまっていられません」

と、老人は静かに言って出た。

「役にも立たないもうろくしたわたしが、ふだん先生のお骨折で、こうやって生きているのは、こういうときのためなのです。仮りにわたしが死ぬとしても二十万人の人が救われれば、それこそ本望ではありませんか」

面会時間は五分間と限られ、老人は応接間に出て行った。代表者の話を聞くと、よろこんで出来るだけのことをする、と約束した。

「わたしは、それはわたしの義務だと信じております」

すぐに、老人は内務大臣と大蔵大臣に電話をかけさせ、これからお目にかかりに出たいと申し入れた。家人が心配している中で、自動車を支度させて、出て行った。こうなると、自分で義務とは言ったが、もはや一つの熱情に憑《つ》かれたようなもので、端《はた》の者も遮《さえぎ》り得ない。世間の老人ならば警戒して避けることを、自分が一代仕えて来たものに仕えようとする心をいつまでも枉《ま》げないのである。円満に見える穏和な人柄に、病気にも老来屈しない烈《はげ》しい気力が隠されていた。

別の場合に、若い客に向って、昔のことを思い出しながら、老人がこう話すことがあった。

「わたしは、まだ若くて田舎にいた時分に、仲間の者と一緒に、竹槍《たけやり》を持って行って高崎の城を乗っ取ろうとしたことがありましたよ。ほんきで、そのつもりになって、手分けして武器を集めたものだった」

その話が出たのは老人が機嫌《きげん》のよい証拠であった。

「いまから考えると、確かに暴挙でしたよ。だが当時は、ほんきでした。高崎の城を乗っ取ったら、さすがに江戸は通れないから、昔の鎌倉街道を通って横浜に出て、異人館に焼討ちをかけるつもりだったのだ」

若いとはね、というように老人は、ゆるやかな笑顔を見せる。この福徳円満で柔和な老人に、そういう激情を考えることは、客には難《むずか》しいことである。老人は、遠く過ぎたものを静かに見送るような目の色でいる。

「ほんきで、その覚悟でいました。外国人をこの国から一人残らず追い出すつもりだったのです」

# 動く夜

行燈《あんどん》というのは、置いた周囲だけ明るくて、弱い光は天井のない屋根裏や壁にわずかしかとどかない。見まわすと、あたりは暗かった。千代《ちよ》は夜鍋《よなべ》仕事に縫物をしていたのである。文久《ぶんきゅう》元年の十二月の夜であった。冬には土地の名物の風が、その晩も外を吹き荒れていて、家の背戸《せど》裏の古い木々の枝を、烈《はげ》しく揺り動かして、大雨でも降っているような音をさせていた。

千代は、外の地面に夫の足音を聞いたように思って縫物から目を上げたのである。風は息をついていて、外は、ひっそりとしたものだった。次の風が野面《のづら》を渡って接近して来るまでのわずかの間、静かになって、外の冬空の星の冷たいまたたきを感じさせる。

縫っているのは、春には生れる最初の子供に着せる着物であった。三年前に、千代は十八歳でこの家に嫁《とつ》いで来た。そのときの夫の年は十九歳である。三年も子供が出来なかったのが、ようやくこんど恵まれたのである。冷えた手を炉にかざしながら、千代がなんとなく幸福そうにほほ笑むのは、そのせいであった。二十一歳だが、村で中の家と呼ばれて名主《なぬし》見習いとなっている旧家の嫁らしく、落着いて来ていた。

また、風が騒々しく通って行った後に、村道で犬が吠《ほ》えるのが聞えた。

この血洗島《ちあらいじま》という村は、江戸から二十里離れ、中山道《なかせんどう》の深谷《ふかや》の駅から一里ばかり北に入っている。街道沿いの土地ならば、提灯《ちょうちん》をつけて夜道を通る旅びとの姿も見られようが、一里でも離れた村の夜は、日が暮れて暗くなるとまもなく深夜のように鎮まり返るものである。家の北側に、大きい木が多いのは、冬の風を防ぐのが目的で昔からのものらしいが、そのせいで、細い村道の夜が暗くなっている。風は晴れた日に平野の地平に遠く姿の見える榛名《はるな》、赤城《あかぎ》の山々から吹きおろして来るものであった。そのために上州の人の気が荒くなっていると伝えられているが、血洗島一帯の村々の生活は、街道からも離れて静かだし、人気もおだやかであった。言わば、土地に深く根をおろして、他に移ることなどは考えられない生活であった。千代の若い夫の栄二郎《えいじろう》（後の栄一）が、まだ達者でいる父親を助けて、家業にいそしんでいるように、千代の生む子がやがて成長して一人前になっても、父祖の代々の跡を追って、この古い家の在り方は変りないものと思われるのである。家の棟《むね》は高く、太い柱は、黝《くろず》んで古い。千代の母は栄二郎の父親の姉だった。どこの田舎《いなか》へ行っても旧家の結びつきようは、こういうもので、古い木々が地面の中で、根を絡《から》み合せて、動くまいとしているのと同じことだった。

千代はこの村のほかに外の世界があるなどとは、考えずにいられるのだ。

旧家らしい大きな建物の奥が、父親の渋沢市郎右衛門《いちろえもん》の居間になっている。名主を兼ね苗字帯刀《みょうじたいとう》も許されているだけに、読書好きで初老の年になって夜は机に向っていることが珍しくない。晩香《ばんこう》という雅号まであった。

「栄二郎は、まだ戻らぬか？」

と、杉戸をあけて、千代に尋《き》いたが、自分も炉端《ろばた》まで出て来て、

「名物とはいえ、よく吹くな」

と、あぐらをかかない行儀だが嫁が縫っていた着物に目を着けると、老人らしく静かに微笑した。これを着る赤ん坊が男ならば、いまの栄二郎に次いで、自分の名の市郎右衛門を継ぐときが、遠い未来に来るのである。

「栄二郎は、どこへ行ったのだ？」

「手計《てばか》（隣村の名）でございます」

「新五さんのところか？」

こう言ってから、

「なにをしているのか、近ごろいそがしそうではないか。よく留守にしている」

咎《とが》める意味でないのを舅《しゅうと》のために茶を入れながら千代は知っていた。夫は母親似だとかで優しい性質だし、家業にも熱心なので、舅もよく信頼しているのである。十四歳の時分に市郎右衛門がひとりで遣《や》るのを危ぶんだのに父親に代って家業の藍《あい》の原料を信州

まで買いに行って、いつ覚えたのか品質の見分け方まで心得ていて、間違わず用を果たして帰って来たというのは、舅が我がことのように自慢で、夫のことを千代に話したことである。その一度の経験で藍の仕事で外廻《そとまわ》りは栄二郎が任されて、季節が来ると、信州、上州、秩父《ちちぶ》と、父親に代って廻るようになっていた。家を譲られてなくとも二十二歳ではもう一家の中心の仕事をしているわけである。

「これが京や江戸だと、世の中が悪くなって辻斬《つじぎ》りだなんのと物騒なことがあって、夜の帰りの遅いのは心配なものだそうだが」

と市郎右衛門は、千代のために言ってくれたようである。

「ここらには、そういうこともない。いくら遅かろうが間違いはないのだ。そんなことを思うと、ここは極楽だな」

千代も笑顔を見せた。そんなことは夢にも考えなかったことで、ただ遅いと思って待っているだけであった。

「あれは、優しいが、きかぬ気の男だ」

市郎右衛門は、こう呟《つぶや》いてから炉に燃える焔《ほのお》の色を見ながら、なにか考えているような顔付でいる。親というのは、いつまで経《た》っても子供のことについては、過ぎたことにも、これから先のことについても考えることが無限にあるせいであろう。炉の火の色が顔に映っている。

「私たちの時分から考えると」

と、市郎右衛門は、物を思うような顔色で、言った。

「人間が、なんとなく外へ出る用事が殖《ふ》えたようだ。

「変らぬようで世間が変って来ているのかもしれぬが……」

　千代は、そんな話には、あまり関心がないのだが、舅が話しているのでおとなしい笑顔を向けて聞いているのである。

　屋の棟を渡る風の音が、また宙を揺り動かして通り、どこかで物の倒れる音がした。犬がまた外で吠え立てた。誰か人が通るのかと思われたが、犬は、近くの家で飼っているので、この家の人間の足音には慣れていたから、夫がもどって来たのなら吠えるわけはない。夫は、動物などにいつくしみのある気性だったので、日ごろから、その犬を可《か》愛《わい》がっていて、外から帰って来た時など門を入って土間まで、その犬が足もとに随《つ》いて入って来ることがあった。

「この先、どういう世の中になるものか、昔は、そんなことをいっこうに人が考えもせぬし、苦労もしなかったものだ。なにも聞くまいと思えば、知らずに済んで、田舎は泰平なものだったがなあ。いまでもこのへんは、そう変りないようなものだが、私たちの若い時分のことを考えると、やはり違う。いろいろと外の話がなんとなく伝わって来るだけでも、もとはなかったことだ。江戸になにか大変なことがあっても、私たちの耳に入るのでも四、五日は後のことだったな。それは大変だと思うときは、もう火元では火が消えて、騒ぎもおさまっていたのだから、それが……」

名主見習いとして、市郎右衛門は事のあるごとに村では陣屋に伺いを立てたり、下知《げじ》する位置にあった。それだから、外の世界の消息には心を働かしていたわけだが、それでものんきなものだったのである。外の風は、街道を外れた村までは、なかなか吹き込んで来ない。それがやはり黒船が来て以来のことなのだが、陣屋からの触《ふれ》もふえたし、江戸や京大坂に続けて起るさまざまの出来事が静かな村の生活に直接の影響を及ぼすことはなくとも、一々、いそがしく外から伝わって来る。市郎右衛門は、それを考えて、この若い嫁や、やがて春には生れて来ようとしている孫とも結びつけて、向後は、どんな風に変って行くものか、と考えたのであった。どんな世の中になっても百姓は田畑の作の出来不出来だけに心を用いていればよい。市郎右衛門は、こう信じている。しかし、この家ほどになると、世間が行き詰って来るほど、上から御用金を命ぜられることが多くなる。年々、いろいろの形で、そのきざしが濃くなって来ているのだ。伜《せがれ》や生れる孫の代となったら、どうなって来るものか？　無関係に見えた外の世界に起る変動が、静かだった村をこの形でおびやかして来ているのだった。

炉に手をかざしながら、市郎右衛門は、栄二郎が、もっと若かった時分に、御用金の

問題に関係して、

「私は百姓をやめたい」

と、ひどく興奮して言い出して、しばらく手のつけようもなかったことがあったのを思い出した。この家のような旧家に生れて、跡取りになる息子が親の前でこんな思い切ったことを言い出すのはよくよくのことだったのには違いないが、親の市郎右衛門としては、このままの料簡《りようけん》では行く先のことも案じられるように思い、今日でもそのときのことを忘れないでいる。

栄二郎は、まだ十七歳であった。岡部《おかべ》の陣屋から市郎右衛門に出頭を命じて来たが、あいにくと風邪《かぜ》をひいていたので、代人として栄二郎に行かせた。

呼び出されたのは、例によって物持ちと見られている家に御用金を出せと言い渡すものとわかっていた。借りる形式になっているが強制的で権力をかさに有無《うむ》を言わせぬ性質のものである。武家の経済は、もともと百姓から、しぼり上げるより他に、金の出所がない。幕府からして年々財政が窮迫して来ていたので、小さい大名から幕府直属の代官所の台所は、詰って来るばかりだったのである。それを、御奉公として下に強制するのであった。

栄二郎と同道した二人の者も、近村の名主であった。泣く子と地頭《じとう》には勝てぬ、と、最初から諦《あきら》めて出て来たような、おとなしい人たちである。陣屋は岡部村にあった。連れの二人に随いて待っていると、呼び出されて代官の前に出ることになった。頭から、調達金を割りあてられて、有難く心得るようにと言われた。

連れの二人は、すぐに承諾したが、栄二郎は自分が父親の代理で出て来ているところから、仰せは承《うけたまわ》りました、戻りまして、父に申し聞かせ、改めて御返事にまかり出ます、と答えた。

代官は若森という男だったが、この返事を聞くと、如才《じょさい》ない様子で笑って、不意に栄二郎に尋ねた。

「お前、何歳になる？」

「十七歳にございます」

「十七歳？　それなら、もう女郎買いぐらい知っておろう」

明白に嘲弄的な態度であった。

「その年になってたかが二百両や五百両がなんだ？　お上の御用を達せば、追いおい、身柄もよくなり世間に対して名目も立つことだ。それを、家に戻って父に申し聞かせてなどと、そんな愚かな物の申しようがあるか？　父が不承だと申したら、改めて、こちらから話しようもある。その方の身代で、五百両ぐらいはなんでもない話ではないか？　清《いさぎよ》く、承知したと申すがよい。挨拶《あいさつ》にも程があろう」

代官の態度には、百姓なら扱いなれてるといったような、相手を見くびった気分が露骨であった。十七歳の若さだった栄二郎は、知識でも人柄でもこの相手に自分が劣っているとは信じられなかったから、頭から侮辱しているような話し方をされたのを心外に感じた。殊に、金を調達させようとするのに、ただ一方的に強制して済むと考えているらしいのが、不思議なくらいに思われたのである。

「恐れ入りますが」

と、栄二郎は、言い直した。

「父からはお話を伺ってまいれと言いつかって出てまいりましたので、この場で直ちにお受けすることは出来かねます。戻りまして、父がお受けすると申しましたら、改めて、御返事に伺うように致しまする」

「黙れ、黙れ！」

代官は、如才なさそうな仮面を脱《ぬ》いで、顔を赤くして栄二郎を睨《にら》みつけた。

「不届きの奴《やつ》だ。上《かみ》に言葉を返すつもりか？　不埒《ふらち》千万な」

連れの名主たちは驚いて、ここはおとなしく話を受けた方がよいと目顔で知らせていたが、栄二郎は、この理不尽な圧迫に屈する気持にはなれなかった。

「こんなことが、わからぬのか？　なんと思って、ここへ出て来たのだ？」

「栄二さん、失礼があってはいけない」

と、側《そば》から連れが、自分たちがおろおろして、取りなそうとした。栄二郎は、無念なので顔色も蒼《あお》ざめて来ていた。あくまでも道理とは考えられなかったので、お受け致しますとは言えなかった。代官の悪罵《あくば》に耐えながら強情に返事を変えようとしなかった。少年だけに、信じたことは貫《つらぬ》こうとした。

「よいわ。一人前の仕事が出来ぬつまらぬ人間を代人に寄越《よこ》した親が、上をないがしろにしておるのじゃ」

栄二郎は涙を呑《の》んで外に出て来た。連れの名主たちは、

「栄二さん、これは悪いぞ。憎まれては損なのじゃ。出せと言われたら、どうせ取られる金じゃ。無理してもおとなしく出すのに越したことはない。父御《てご》だって、どうせ、そのつもりでおいでなのじゃ」

栄二郎は、世間を知らないのではなかった。しかし、自分たちが置かれている無理な境遇を、こんなに、むごいくらいに鮮やかに見せつけられたのは、初めての経験であった。

家へ帰って来てから、栄二郎は市郎右衛門の前で、百姓などしていたくない、と口走った。若い心によほど無念に思ったらしいのである。思い詰めた様子が、いまも親の市郎右衛門の目に残っている。そんなことにも、やがて生きて世の中の経験を嘗《な》めてくれれば、辛抱《しんぼう》することも覚えてくれよう。それでないと、百姓も出来ぬし、この家も保たれぬ。父親が頼んでいたのは栄二郎の親思いの優しい気性であった。

その晩、栄二郎は、隣の手計村にある千代の実家に招かれて行ったのである。栄二郎とは従兄弟《いとこ》同士だが、年齢も十歳上で、千代の長兄の新五郎というひとがいる。これが、少年の日から栄二郎の師匠格となって、読書の勉強を手伝ってくれた人物である。日本外史も十八史略も読むのを新五郎に教わったのである。

従兄弟同士だから、学問の手ほどきをして貰《もら》っていても、友達のような親しみがこもっていた。また、新五郎というのが、若いのに人間が出来たしっかりした男で、機会あるごとに栄二郎を他の学者にも接近させるようにしてくれたので、村里に住んでいても学問にあこがれる熱情を忘れなくなったのである。他国の学者が旅の途中で新五郎を訪ねて来る者もあれば、藍の買い出しに栄二郎が外へ出る折に、どこそこへ行ったら、このひとを訪ねてみろと教えてくれたことも再三である。

封建の時世だから、地方の小都会に住いながら、学問に専念している人間がすくなくない。藍を買いに歩きながら、栄二郎は新五郎に教えられて別の楽しみを持ったわけである。

「さようですか？　尾高さん（新五郎の姓）のお弟子ですか。それはよく、お訪ねくださった」

と悦《よろこ》んで会ってくれて、初対面で快く話相手になってくれるのが、嬉《うれ》しいのである。

たいていの人が睡《ねむ》ったように静かに田舎町や村里に住んでいるので、他国からの客は珍しがられる。江戸で誰々がこんな本を出したとか、また別の地方に隠れて研究している学者の噂《うわさ》などが出る。質問にも答えてくれるし、自分が作った詩を見てもらうこともある。

少年の日にこういう傾向に導いてもらったことは確かにその後の一生を決定するほどの大きいことなのだ。それも新五郎という青年は村里に住んでただ学問に凝《こ》っているというひとではなく、どことなくひろい心を持っていて田舎に孤立している人間にありがちの偏狭な性質がなかった。里見《さとみ》八犬伝《はっけんでん》や通俗三国志のように、並の学者ならば、頭から軽蔑《けいべつ》して問題にしないような本まで平気で読ませてくれた。

「いいだろう、読書力がつくなら。是非は君がきめることだ。悪い本だと思ったら捨てればよい」

学識を伝えるよりも、相手が持っている芽ばえが自然に伸びるように注意してやる。この心遣いがあって後進を眺めているのが栄二郎にも感じられた。やはり、藍を買いに一緒に信州へ出かけたことがあったが、その旅行など、ふたりで競争で、文章を作ったり詩を詠《よ》んで後で一巻にまとめたのが、残っているくらいである。商売で歩いたというよりも楽しい青春の旅であった。千代を介して、いまはそのひとが栄二郎の義兄になっていた。

その新五郎が、額《ひたい》を曇らせて考え込んだまま、黙り込んでいる。他の二人も物を言わない。三人が囲んでいる行燈の燈芯《とうしん》が油を吸う音が耳に立つくらいこの部屋は静かである。外には、風が吹き荒れている。

「兄さん」

と呼んで膝《ひざ》を動かしたのは、新五郎の実弟の尾高長七郎である。

「いかがなものでしょうか？　お許し願えませぬか？」

新五郎はきびしい目顔で待てと伝えた。無言のままである。

「栄二君」

と、長七郎は、栄二郎の方へ向きなおった。

「君は、どう思う？」

「待て」

と、新五郎は叱りつけるように長七郎の言葉を遮ってから、栄二郎にも、

「君の意見は、控えておいてもらいたい」

一番年の若い栄二郎は、おだやかに頷《うなず》いて見せた。しかし、胸の動悸《どうき》が速かった。師でもあり兄でもある年長の新五郎が決定を下すことに異論はないのだが、問題が大きいので、若い心に動揺を感じたのである。長七郎は、わずか二歳年上である。この春栄二郎が江戸に出て、神田お玉ケ池の千葉道場へ通って剣道の稽古《けいこ》をつけてもらったとき、

長七郎と起居を共にして、お互《たがい》の心持は通じ合っていた。

惣領《そうりよう》として田舎の家に落着いた兄と違って、長七郎は、早くから家を出て、伊庭《いば》軍兵衛門下で、剣道をみがき、体格も大きく、腕力も強くて、兄弟の中でも、まるで別人に育っていたのである。剣道も名誉の者と伝えられた。一時、郷里に帰って道場を営んだが、また江戸に出て、諸国の志士と交《まじわ》って、思想も時代の影響を強く受けていた。

「兄さん、もうじっとして見ているときではなくなったのですよ。兄さんは、こんな田舎におられるから、そこまで来ているとは御存じない」

兄の返事を待ち切れなくなったように長七郎は熱心にこう言い出した。

「江戸にいると、つくづくと、それが、わかるのだ。いまのままでいたら、国が必ず亡びる。ほんとうに有志の者が起《た》つときが来たのです。それは決して、お考えになるように誇張でもないし、手前が、ひとり勝手に、いきり立っているわけでもありませぬ。ひしひしと日本人の身に迫っていることなのだ、と、わかります。兄さんだって、江戸に、ひと月も出てくださると、おわかりになります。今日となっては人が、自分の身の安穏だけを考えているときではないのです」

話しながら長七郎は、顔に若々しい血色を見せて来た。思い詰めている純真な気質が、ありありと描き出されている。輝くような若さが、口をきかせているのである。

「許してくれませんか？　兄さん」

と、繰返して、兄を見まもった。

新五郎は、弟のそういう気質も考えて、思案に迷っていた。ほかの話ならば、返事は簡単である。理解のひろいこの兄は、お前の好むとおりにしたらよいのだ、と、いつも、答えてくれるひとである。だが、弟が急に江戸から帰って来て今夜ここで持ち出した話は、この弟の命を危うくするような問題であった。一家の惣領としても、不用意には答えられないのである。

側で聞いている栄二郎にも、それが理解出来た。栄二郎は三人の中で一番、年が若い。長七郎の話にも血が沸くような思いだったが、少年の日から自分を導いてくれて思いやりあるひとと知っている新五郎の立場も、よくわかるのである。

無言でいる新五郎は切なそうに見えた。

「長七郎、これは、私にもどうと返事が難しいのだ。ともかくお前もいうとおり、私はこの田舎に籠《こも》っていて、江戸では人がどういう風に考えているのか、あまり知らない。しかし、お前が兄の意見を求めに戻って来たのだとすると、こうしてくれと言ったら、穏やかに、承知してくれるのか？」

長七郎はまた顔色を動かした。

「反対だと仰有《おつしや》るのですか、兄さん」

「だが、お前は私の意見を聞きに来た。兄と立ててくれてのことだ、と思う」

「それは、そうです」

「それなら、自分の思ったとおりを正直に答えることになる」

落着いた心持が、急に、態度に鮮やかに現れたようである。

「長七郎、私はこんな田舎に坐っている。坐ったままだが、私にもまた、世間がどう動いているか、どのへんまで来ているか、と、絶えず知りたいとも努めているし、こうではないかと、ひとりで思案することもある」

「………」

「今日のお前の話を聞いても、私は、やはり、自分のその輪の中で分別することになるのだ。そして、それが兄として間違わぬことだ、と考えたいのだな」

長七郎は、きびしく兄を見まもったまま、

「はい」

と答えた。

「お前、頼むから、こんどの話は遠慮してくれ、人を暗殺するというようなことは、事を急ぎ過ぎた話のようだ」

おそろしいと思われるほどの沈黙が、この部屋を支配した。行燈の燈芯が、また鳴り出した。灯影《ほかげ》を軀《からだ》の表側だけに受けて、背は暗く、二人の兄弟は向い合ったままお互に目を見ていた。

「それが、兄さん……それ以外にもはや、手段が残ってないと、皆が考え始めたのです。このままでは世間は変らぬ。幕府は、これまでどおり、外に因循《いんじゅん》で、国内の有志の者には力まかせに圧制するだけのものだとわかって、どこかを突き破らなければ、息も出来ないと気がついたんだ。非常な手段なことは承知しています。命が一つだけでなく十あっても、同じことを繰返して行かなければア……私たちの望むような好い世の中は決して来ない。それが、幕府のやることを見ていて、わかって来たんです。決して、功を急いでいるわけではない。そこまで、追い詰められて来ているので」

「長七郎、こんどだけ、お前は、待って、見ていてくれないか？」

「いかぬ、と仰有るんですか？」

「私の意見ならば、そうだ」

きっぱりと、こう答えてから、新五郎は静かな笑顔で、弟をくるむように見た。

「この家で、こんな話が出るようになったのだね。お前は志を立てて江戸に出ているが、ここは代々の百姓の家だ。栄二郎君もだが、私たちが百姓の伜なのには、まぎれもない」

「ですが、兄さん」

「いや」

と、新五郎は自分の心にも問うような深い声で言い継いだ。

「それだけ、世間が動いて来ているのじゃないか。だが、ここにいる私たちの中から、公儀の御老中を襲って命を取ろうとする人間が出るようになるとは？　百姓の子は、そう急がずと、もう少し辛抱強く待って世間の動きを見てからのことで、よいのではないか？」

「そんなことは申せませぬ」

長七郎は、にわかに憤った様子で、声を高めた。

「生れがどう、という時世ではない。世を憂うる志が人間にあるかどうか、だけです。兄さんだって……そのことは御承知のはずじゃありませんか？」

「百姓は腰が重いものだよ」

新五郎は、おとなしい調子で、こう言い返していた。

「その代り、いったん、動くとなると間違うことがない。ここは、そう分別して辛抱してくれないか？　急いでお前が出なくともよいように思う。どこか、しばらく田舎に落着いて、本でも読んでいてくれないか？」

「いけませんか？　兄さん……」

「意地悪いようだが、お前は見ていて、百姓でない人たちにやらせて御覧。それが、よいようだ。はっきり言えば、私はこんどの件のお前の友達を、あまり信用しない」

長七郎が大きい声を出した。

「兄さん！　それは」

新五郎は、どこまでも静かであった。長七郎より八つの年齢の隔たりがあるだけだが、遥《はる》かに上のひとを見るような影が額にあった。

「言葉が過ぎていたら、あやまる。確かに、自分の知らぬ人たちのことを、とやこう言うのは、間違いだったろう」

「大橋訥庵《とつあん》先生も加わっているのです。斬奸《ざんかん》趣意書に筆を入れて添削《てんさく》までして下さったのです。そのほかに兄さんの知っているひともいます」

訥庵大橋順蔵は、志士の間で尊敬せられている学者で、兄にも交際があった、純で無《む》欲《よく》の人柄だが行動の先頭に立つひとではない。どちらかといえば、学者として静かな一生を終るべき人柄なのだが、そのひとまでこの密謀に参加しているとは、尋常でない世の中の雲行きが伺い得ることだった。

「訥庵先生まで入っておられると聞いて、正直なとこ、私は驚き入ったのだ。そこまで世間が切迫して来ているか、と思った。が先生には先生の御分別があったことだろうし、先生がそうされたと伺っても、私は、やはりお前を引き留める」

新五郎は、はっきりと、こう言った。

「無理を言う兄だと思うだろうが、これはこちらから頼みたい。後に残る自分たちが迷惑するから、さような無謀なことはしてくれるなと言うのではなく、もっと別の働きようが、お前にもありそうに思うから、ここで強《し》いて飛び出すことはないと思うのだ。お前ひとり欠けて他の方が困るとは申されまい？」

「が、相談の席に出たのですから、いまさら……逃げたとは取られたくない」

「約束して来たのか？」

長七郎は俯《うつむ》向いたまま答えなかった。

「ただの話合いだけで具体的には、まだ何もきまっていないのだろう？　お前がなにをする、と、別に分担もきまってなかろう？　それならばこれ以上深入りするのは遠慮してくれ。私はよく知らないが、こういう計画は、事を決行する場合までにはいろいろと曲折があるものと聞いている。簡単なことのようで、いざとなると、変化する。人が寄り合って話し合うときは別で、座の空気が誰も知らぬうちに熱して来て、誰も予想しなかった結果を見せる。係累のない御浪人衆が多ければ、よけい、なんとなく仕事を急ぐことになるのじゃないか？　私は、百姓の生れのせいか、物事はそう軽く議論だけで動いてはならぬものだと思う」

「許してくれませんか？」

長七郎は、こう叫んだかと思うと、膝に両腕を突いた姿勢のまま、呻《うめ》くように泣き声を漏らしていた。

新五郎が長七郎にすすめたのは、しばらく江戸へ出ずに、どこか田舎に行って隠れているということである。

その場所についても、兄は弟のために考えてあった。上州も、もっと奥の那波《なわ》郡の国《こく》領《りょう》村という土地の知合いの家がある。そこへ行って、落着いていろという意見で、まだ難色のあった長七郎も、とにかく一応、国領村へ行って見る、と約束した。

「では、私はこれで御免蒙《こうむ》ります」

栄二郎が、こう挨拶して、家へ帰るときが来た。提灯《ちょうちん》をつけて土間から外へ出ようとして、戸口をあけると、強い風が吹きつけて来て危うく火を取られるところだった。

「お晩！」

「気をつけておいで」

新五郎が後《うしろ》から言った。

風はひどかったし、氷のように冷たかった。春がやがて来ようとしているのだが、寒さからいうと一番、きびしい時期である。

村道は真暗だったし、この遅い時間では誰にも行き会わない。まだ栄二郎は離れて来たばかりの従兄たちの緊迫した話から、強い興奮を留《とど》めていて、自分がどのへんを歩いているのかも頭にはなかった。慣れた村道を、本能のように脚が動いて間違わずに行くだけであった。

そのうちに、風に提灯の火を取られてしまった。火打ち道具は支度してあったが、風の中で火をつけようと骨折るよりも、空の星あかりをたよりに歩いて行くことに決めた。

気がついてみると、暗いのが気持よかった。風に揺れながら、冷たく星が輝いているのを見るのも気持よかった。いや、凍った田畑の上を吹きつけて来る強い風に抵抗しながら自分が歩いて行くのさえ、誇りに似た感情を呼びさましている。後の渋沢栄一は、まだ二十二歳の青年だった。

（もっとうんと吹いて見ろ）

風に向って、こう挑みたいようであった。力が意識された。自分が、なにかだと考えられるのだった。ただの田舎の旧家の伜ではなく、それ以上のなにかなのだ。いや正しく言えば、現在はなんでもなくともやがてなにかに成長して見せるぞという確信が、身体に漲《みなぎ》っているのである。

調達金のことで岡部の陣屋に呼び出されて、自分よりも人間が上だとは思われない代官から面と向って罵《ののし》られながら、百姓だというだけで、我慢して忍んでいなければならなかったことも、現在は、逆に、自分に好い刺戟《しげき》を与えている。

「世間は、どんどん動いているのだ」

風が吹き荒れている他は、凍りついたように、暗くしーんとしている四辺に向って、大声でこう叫んで見たかった。

「どんどん動いている。もう、昔とは違うのだぞ」

風の音の中に、人の声が聞えるようであった。それも多勢の声である。むろん静かでなにもなく、風が空を渡り、雑木林《ぞうきばやし》を潮騒《しおさい》のように鳴らして通って行くだけなのである。だが、夜道をひとりで歩いて行きながら、栄二郎は、ここととは離れた外の世界の人の話し声が聞えると思うのだ。そして、その声は、このままでは日本が亡びてしまうとか、幕府の失敗を言い罵る声であった。

この春に栄二郎は父の許しを得て、江戸に出ていた。家業が閑《ひま》な時期だけ滞在して、いそがしくなるまでに帰る約束で出かけたのである。中山道を歩いて行って、江戸に着くと、下谷練塀小路《ねりべいこうじ》の海保《かいほ》漁村《ぎょそん》の塾《じゅく》に草鞋《わらじ》を脱ぎ、江戸にいる間は、神田お玉ケ池の千葉道場に通って、剣道の稽古をした。尾高長七郎が海保塾にいて、世話をしてくれた。その間に、長七郎の友人たちとも会う機会が多かった。田舎出の人間だし年が若いから、つつましく、その人々の話を聞いているだけだったが、栄二郎は、まったく自分が新しい世界に出て来ているのを知って、目を瞠《みは》ったものだった。人々が、こんなに熱心に国事を論じていようとは血洗島にいては考えられないことだった。

一身上の話が出るのを聞いたことは実際に極めて稀《ま》れで、人の顔が会うと、必ず、時事問題の話となって、現状のままではいけないと口を極めて熱心に言い立てる。

慣れるまでは、異様なことに思われるくらいであった。たとえれば、一つの熱気の中に人が住み、皆が、暑い暑いと言っているように見える。外に出ると、大きな町が、武家屋敷も町家も、日々の営みを昔どおりに繰返しているように静穏なのだが、この一団の人たちが見せている火気は尋常なものではない。

それにしては、各自が一様に純粋で単純な気質を示しているのが目立った。発火点に近づいたら燃え立とうとして気構えている人々というより他はない。そのためだけに江戸に出て来ている、そう見えた人々である。栄二郎にはそう見えた。

尾高長七郎は新五郎と並んで、栄二郎が敬愛している従兄であった。年齢だって、そう違わないし、少年の日から親しんでいて、目立つ成長の階段を栄二郎が見まもって来たひとである。ただ剣道が強かっただけでなく、海保先生の弟子で、詩や文章もよく書く。粗暴な青年ではなく、確かな分別のある男なのは、兄の新五郎に似ている。

久し振りで、江戸で一緒に暮して見て、この従兄が、その友人たちと同じく熱し切った空気の中に、いまにもなにか起そうと身構えているのが栄二郎にもわかった。若い心には羨《うらやま》しいと感じられたことであった。

だが、それにしても、今夜の従兄の話は、栄二郎を愕然《がくぜん》とさせるものだった。

幕府の御用部屋の筆頭安藤対馬守《つしまのかみ》を暗殺する計画に長七郎が加わっていたのである。

幕府は外国人には卑屈に服従しながら、国内の有志の意見を封じるのに、またもや安政《あんせい》の大獄《たいごく》の折のような強い弾圧を加えようとしている。反対論が沸騰しているのだが、聴こうとしない。去年の桜田《さくらだ》事変にも懲《こ》りないのだ。それならば、もう一度、閣老を仆《たお》して幕府の反省を促すのが国を救う唯一の道だ。

　こういうのであった。

　聴いていて、栄二郎は、我知らず身ぶるいを覚えた。話が異常のものなのに私《ひそ》かに恐怖も感じられたが、自分より二つきり年が上でない従兄が、確信をこめた顔付で、それを主張しているのに、感激したからである。いつのまにか、この従兄が、また一飛躍した成長を見せたように思われた。怠りなく前進しているひととは知っていたが、国家のためと思えば、それまでに非常の手段を、信念の仕事として考えるようになるものか？もとより、おのれの生命まで投げ出していることだ。眩《まぶ》しいような思いで、栄二郎は、まだ若々しい従兄の顔を見たことであった。

　兄の新五郎が、どう答えるだろうか、と、側にいて胸がおどった。やはり、新五郎も立派だったのだ。弟の立場をよく理解しながら、正しい判断だったようである。聴いていて、栄二郎は自分の考えがまだ足りなかったと感じたくらいである。

　兄弟の、どちらも立派だった。行燈の光を挟んで、側にいて心がひき緊《しま》るほど、双方が真実をこめた話しぶりであった。長七郎の思い詰めた様子が切なそうにさえ見えた。

　新五さんには、落着いた心の余裕が、まだあって、弟をいたわる気持が見えていた。はっきりと、夜道の闇の中に、そのときのふたりの態度が思い浮べられる。長七さんが、兄さんの意見に従ってくれて、よかったのだ。まったく、よかったのだ。

繰返して、こう思いながら、栄二郎は、感情では、長七郎に味方したいような気持でいる。気の毒なように思われる。

変ったのだ。世の中が。

まったく、変って来たのだ。

胸の中では、しきりとこう呟いていた。目を上げると、満天の星が、風に揺れるようにして、冷たく、またたいている。地上は、森も畑も林も、見渡す限り真暗である。

「いつか、私もどこかへ出て行くことになる！　こんなところに、睡ったように、じっとしていられなくなる。もう、そのときが来ているのじゃないか？　私が動かなくても、外の世界が急いで動いているのだ」

うたかた

尾高新五郎が、手計《てばか》村にいて、

「大橋先生のような方が」

と、まこととは信じられないように思った大橋訥庵《とつあん》は、江戸にいて人が考えるよりも、ずっと深く事件に関係していた。

安藤対馬守《つしまのかみ》等幕府の閣老を襲撃するのは、式日に登城する途中を狙《ねら》おうというので、十二月十五日を予定してあった。同志の者が出ていって、安藤、久世《くぜ》両老中の屋敷の付近から坂下門あたりを偵察して、見取り図を作り、当日の人数の配置まで研究した。また、決行の前日には、薩長二藩にも計画を知らせ、朝廷に内奏してもらうようにも計らってあった。訥庵は幕府など、もはやなくてよいと考え、王政復古を主張していたのである。

期日が近づいて来てみると、予定しなかった障害が起って来た。これは水戸から出て来る約束だった同志の者が、藩の監視がきびしくて、期日までには出て来られないとわかったのである。そこで、改めて決行は来年の正月十五日と模様変えにした。

訥庵の精神は、きびしいものであった。成功しても失敗しても、一挙に加わった者は その場で切腹をすることに決めよう、どこかへ逃げようなどとは考えてはならぬ。それが迷惑の者は、参加せぬことだ。

友人に、こう言ってやった。

「昨年の桜田の義挙は立派だったようにも見えるが、最後のところで、ちりぢりばらばらになり、自決した者も場所が離ればなれだったし、自首して出た者もあちこちに分れていて見苦しい結果となった。あれではいけない。列藩は頼むに足りないことで、事に加わった者は、その場を去らず、漏れなく自決すべきものだ」

事に加わる者は、水戸藩から平山兵介《ひょうすけ》、高畠総次郎《たかばたけふさじろう》、小田《おだ》彦三郎、川辺《かわべ》左次衛門、黒沢五郎の五名と、宇都宮の河野顕三《けんぞう》と決定した。皆、若い人たちで、宇都宮に集まって、時期の来るのを待ち、正月六日になって、別々に江戸に出て来た。この六人の他に、訥庵の家にいた越後の人で川本杜太郎《もりたろう》というのが加わることになった。

決行の日に迫った十二日も夜に入っていた。向島の小梅村にある訥庵の塾に、知人で日本橋元浜町にある佐野屋から使いの男が来て、手紙をもたらした。急な用事があるから、御都合ですぐにおいで願いたいというのである。佐野屋は懇意だったので、訥庵も何気なく出かけた。

だが、これは密謀が、幕府の耳に入ったので、南町奉行黒川備中守《びっちゅうのかみ》に命令が出て、佐野屋を使って訥庵を誘い出したものだった。浜町あたりの茶屋には与力同心が集まって、緊張して待ち伏せていた。家を出たときから訥庵は、遠巻きに捕手《とりて》に囲まれていたのだが、そんなこととは気がつかずに、平素のように歩いていたのである。

暗い往来を無提灯《ちょうちん》の二人連れの武士が、前方から歩いて来たが、訥庵の前まで来ると、

「大橋先生でしょう？」

と声をかけた。

訥庵は怪しまずに、誰だったかと見まもって、

「さよう、大橋ですが」

と答えた。

早春の夜で、東の空に月もあったし、付近に通行人も歩いていたが、武士たちが立話していたが、やがて黒い影だけとなって、いずこへか立ち去ると見えただけである。

訥庵は、抵抗することもなく、与力たちに連行された。付近の物の陰《かげ》には、奉行所から手配されたさまざまの姿をした人数が配置されていて、いざとなったら躍りかかろうと身構えていたのだが、これも遠巻きに警備して、後に従うだけで終った。襲撃の決行に加わる若い同志の人々に、成敗にかかわらずその場で自決せよと求めたくらいの訥庵だから、こんなに不意に襲われても周章狼狽《しゅうしょうろうばい》することはなかったのである。

小梅の留守宅では夜更けてからも訥庵が帰らないので怪しんだが、まだこんなことになっているとは気がつかず、朝を迎えた。

するると、佐野屋からだと称して、また使いの者が来て、手紙を見せ、訥庵の息子にも来るように巧みに誘い出した。これも、家人の知らぬ間に奉行所へ連れて行かれたので、夜が更けて来ると、家は、表も裏も夥《おびただ》しい人数の捕吏にかこまれていて、付近の者が何事か起ったのかと怪しんでいる間に、与力たちの手で厳重に家宅捜索が行われ、目ぼしい書類を押収し、残るものは家財とともに土蔵に納めて封印して手をつけぬように処置した。家の者にも初めて訥庵父子の身に異変が起ったことがわかったが、同志の者は、まだ、このことを知らずにいるのである。

捕吏は見張りの者を残して引揚げて行った。白梅の蕾《つぼみ》のふくらんでいる付近の朝は、静かで、近隣の者を除いて外の道路を通る者は、そんなことがあったとも気がつかずにいる。墨田川の上に、薄い霧が消え残っているのも、このところ、朝ごとに見られることである。

南町奉行所では、連累者と思われる者を知ろうと努めていたが、密謀の有無については、まだ半信半疑であった。訥庵父子は、もとより口が固くて、いっさい知らないと言っている。もとより証拠となるような文書は家に残してなかった。ただ訥庵の交際して来た範囲から、逮捕された者や召喚状を受けた者を出しただけである。

訥庵が頼んだ同志の者は、まだ無事で、市中に潜伏していた。

あくる日が十五日で、上元《じょうげん》の節句なので江戸にいる大名は全部、登城して将軍の前に出る慣例であった。

春が来ていた。お濠《ほり》も、水ぬるむの感じで、水鳥が群《むら》がって浮んでいるのに射す光もなんとなく柔かく明るい。城内から聞える時の太鼓の響《ひびき》もまどかであった。諸大名の登城の行列が続いた。

老中、安藤対馬守の駕籠《かご》が供揃《ともぞろ》いに囲まれて坂下門の下馬札《げばふだ》に接近したとき、道端に宗十郎頭巾《そうじゅうろうずきん》をかぶった武士がひとりで立っていたが、対馬守の駕籠を見ると、不意に駆け寄って来た。直訴《じきそ》でもする様子だったので、駕籠わきにいた刀番《かたなばん》の武士が応対しようとして、前に立ち塞《ふさ》がった。

すると、男は、不意に、懐中からピストルを出して対馬守の駕籠を目がけて発射した。

瞬間の出来事だったが、朝の静けさが破られ混乱が起った。銃声を合図と定めてあったらしく、石垣の陰から、五人の壮士が抜刀して飛び出して来て駕籠に殺到して来た。

井伊《いい》大老が桜田門で暗殺されたのが前年のことだったので、老中の外出には供廻《ともまわ》りの人数も多くして護衛を固くしていたのである。対馬守の駕籠わきの人数は大小姓徒士《おおごしょうかち》を加えて三十人以上いたので、いっせいに刀を抜いて、暴徒の正面に立ち塞がった。

ピストルの弾《たま》は駕籠を外れて、付き添っていた小姓の松本鍊次郎《れんじろう》に当ったが、主人は無事だったのである。一度地面に倒れた松本も直《す》ぐに起き直って、駕籠を背に防戦に加わった。

暴徒の一人（平山兵介）が、乱闘の間をくぐり抜けて対馬守の駕籠に肉薄《にくはく》して後方から力まかせに刀を突き入れた。駕籠は逃れようとして動いていたし、切尖《きっさき》は対馬守の背をかすめただけである。兵介は左右から斬り伏せられた。その間に対馬守は駕籠から降りて、徒歩で、坂下門に走り込もうとした。

別の暴徒、河野顕三が、それを見て追って行ったが、道具方の武士が長柄《ながえ》の傘《かさ》で遮ったので失敗し、殺到した武士たちに包囲せられた間に、対馬守は門内に入って難を逃れた。

多勢の力で、刺客《しかく》は順に仆《たお》されて行った。対馬守の供廻りからも五人の者が深手を負って、地面に倒れ伏し、あたりには鮮血が流れていた。

城内からも人が走り出て来て、怪我人《けがにん》を手当てし、付近の警戒に当った。六人の刺客の死体は、役人の検屍《けんし》があるまで、手をつけずに地面にそのままにしておくことにした。混乱は鎮まったが、人々は興奮した様子で現場を警備していた。地面にある六つの死体がどれも血によごれているのが、離れた場所に集まっていた人垣からもはっきりと見えていた。この騒ぎに無関心だったのは、濠の水に浮ぶ水鳥の一群だけであった。

人垣を作って事件後の現場を眺めている群衆の中に、一人の若い武士がいた。注意して見ると、その男の顔色は悪く血の気は失《う》せていた。なんの用事もない場所に落着かない様子でいつまでも残っていた。現場には役人が集まって刺客の六個の死体をあらため所持品を書き上げたり、いろいろの調書を作っていたのだが、なにをしているのか、この男のいる場所からは見えなかったのである。人払いをして、その場所に接近するのは、まだ許されてなかった。

「一人がお駕籠の後にまわって、刀を突き入れたんですよ」

と得意顔で、喋《しゃべ》っている男があるのを、人が囲んで聞いていた。

「危ないところだね。だが、あとで駕籠から殿様が出て、御門の方へ歩いて行きなさったんだからお怪我もなかったんでしょう。とにかく、大した騒ぎだ。ほんものの戦《いくさ》だね。刀が宙にぴかぴかして……血だらけになったお武家が暴れまわっているんで、こっちは、おっかなくて腰が抜けるところでした」

皆も熱心に聞いている。その若い武士は、色のない唇を噛《か》んで、立ち去ろうとしかけて、また立ち止り、ぼんやり役人たちの方を眺める。現場では、非人《ひにん》が死体を片づけにかかっていた。登城の大名行列は、他の役人が整理して、道を遠く通らせているし、血痕《けっこん》の残っている現場に人が近寄れるのは、いつになることかわからなかった。

その若い武士は、水戸の浪士の川辺左次衛門という男で、今日の襲撃に加わる約束で出て来たが、早過ぎて同志の者の姿を見かけなかったので、そのへんをひとまわりするつもりで歩いている間に、事は終ってしまい、戻って来て初めてそれを知ったのである。同志の者は一人も漏れなく斬死《きりじに》して、遺骸だけを留《とど》めていた。偶然の手違いとはいえ、自分ひとりが遅れたのであった。

狙う安藤対馬守は、城内に逃れ去っていた。城から下《さが》って来るのを、狙うことも考えられたが、事件の後で、警備はさらにきびしいものと見なければならぬ。六人で向って仕損じたものを、単独で躍り込んで成功すべきものではないのは、非人たちが片づけている六つのなまなましい遺骸が証明していることであった。

左次衛門は、魂が脱けたような状態で去るに去れない気持でいた。成敗を問わず、その場で自決することと申し合せたことが、急に思い浮べられた。それには誓い合った同志の者の血を流した場所でと気がついたのだが、さて、役人はなにをしているのか、いつまでも現場を塞いでいるし、聞き伝えて物見高く集まって来る人出は後から後からと続くので、役人たちが声をからして防いでいるような混雑となっていた。

我に復《かえ》って見ると、左次衛門は、外桜田に出ていた。ここの濠には白色の水鳥が浮んでいて、列を整えたように、同じ方角に軀《からだ》を向けていた。左次衛門は、まだ、なにをしてよいか知らずにいる。まだ、芽を吹いていないが、明るく霞《かす》むような柳の枝の向うに、彦根屋敷の赤門が朱の色を見せている。一昨年場所もこの地点で志士たちに要撃され、刺殺された大老井伊掃部頭《かもんのかみ》の屋敷なのである。あのときは成功し、今日は敗れたのであった。

左次衛門は、手を懐中に入れて斬奸《ざんかん》趣意書を持っているのに気がついた。同志の者が文章を作り、大橋訥庵が手を入れて、決行に加わる者が各自ふところにして出ることに申し合せてあったものである。

「そうだ」

左次衛門は、目が醒《さ》めたように急に、こう頷《うなず》いた。

長州藩邸がここから遠くなかった。そこへ行って誰か頼むに足る人に会い、趣意書を手渡すことである。全滅した同志の者六名が持っていたのは幕府の役人に没収されてしまったことで、これは公表されることはない。一通だけ、自分がここに持っているものが無事で残った。これが日の目をみれば自らの志が世間にも伝わり、士気を鼓舞する役にも立つわけなのである。

左次衛門は、長州藩邸に歩いて行って、門番を見て、

「桂《かつら》小五郎先生にお取次ぎ願いたい」

と、申し入れた。

「小梅の大橋訥庵の宅から伺ったものです」

後の木戸孝允《たかよし》だが、桂は、訥庵の名を聞くと、無造作《むぞうさ》に、左次衛門を通させて面会し

た。

桂を見ると左次衛門は自分が同志の者に遅れたことを愧《は》じて興奮して物言う唇も慄《ふる》えながら事情を説明し始めた。朴訥《ぼくとつ》で正直そうな青年であった。

桂小五郎は快く斬奸趣意書を受取ってくれた。

「これで手前の役は済みました」

と、左次衛門は言った。

「御迷惑でしょうが、お庭先なり拝借して自決したいと存じます。御免願いとう存じます」

「死ぬ？」

と、桂は目を上げて、叱りつけた。

「なにも、死ぬことはない。どこぞへ隠れたらよいのだ」

「いや、同志とともに申し合せたことですから、そう致さねばなりませぬ」

「それは、よしてもらいたいな」

桂は、取り合わぬ態度でいることだと思った。

「まだ、他に君のすることはあるよ。もっと落着くことだ」

左次衛門は、黙って首を垂れていた。様子が思案でもしているように見えたが、顔を起すと、

「先生」

と、桂を呼んで、

「お渡ししました斬奸趣意書は、なにかの機会に、他の有志の方々に知れるようにお願い出来ますな」

「そのつもりでいます」

と、桂は答えた。

「決して、亡《な》くなった方たちの志を無にするようなことはありません」

「有難うございます」

そのとき、廊下を人が入って来て、桂を呼んだ。話がある様子なので、

「ちょっと、失礼」

と断《ことわ》って、障子の外に出て短く立話をして、戻った。左次衛門はその間に坐《すわ》っていた場所からいなくなっていた。

襖《ふすま》をあけて出て行った様子はなかったことで、桂は、すぐに気がついて庭を見た。左次衛門は、そこの地面に坐り、腹を切って前に突っ伏していた。

「おい、誰か！」

自分も駆け降りながら、桂は人を呼んで、医者に来させようとした。しかし、抱き起して見ると、見事に腹を切っていたし、両膝から地面に流れている出血も多量であった。

体温はまだ残っていたが、左次衛門は意識も遠くなっていて、目もあかなかった。

桂に呼ばれて、出て来た男が、この様子を見て、

「あ！」

と屋内から叫んだ。

「どうしました？」

「このままにしてやろう」

桂は、手を放して左次衛門をもとの姿勢のまま伏せさせたが、目を放さず見まもっていた。

「聞えるか？」

桂は、強い声で左次衛門を、こう、呼んだ。

「後のことは心配するな。君の望んだとおりに、必ず、して上げるから、安心して静かに行きたまえ」

「医者に来させましょうか？」

「いや、もう、よかろう」

地面に伏せていた肩が、短くせわしく浮き沈みしていたのが、呼吸の間が長くなり、力なくなって来るのから、やがて自分の重量だけで大きく前に動いてついに鎮まるまで、桂は終始目を離さずに見まもっていた。脈を見てやってから、離れて、敬虔《けいけん》な態度で合《がっ》

掌《しよう》した。

「今朝の坂下門の一味だ」

他の者に、初めて、こう引き合せた。

桂は優しい気性で、人の死を見るのが嫌いであった。だが、こんな質朴《しつぼく》な若い男が、生きる機会があるのを拒絶して、一途《いちず》に国事に走っている姿を見せられると、やはり深く心を動かされるのであった。これは私心があって出来ることではなかった。


江戸に起ったなにかの事件は街道沿いに風のように疾《はや》く伝わる。電信電話がなくとも、江戸から歩いて来た旅の人間が街道の立場《たてば》や旅宿に話の種をまいて行くのである。こんどの事件は、それだけでなく、挑戦された幕府が連累者の探索を地方にまで拡大したのである。江戸から逃れて遠い田舎《いなか》に隠れようとする人間も幾たりかいた。その人たちがひそかに草鞋《わらじ》を脱いで泊って行くのは、やはり、有志の家であった。けわしい世間の動きが、田舎に住む人たちまでを敏感にしていたのである。

血洗島や手計村のような街道から少し外れたところにいる者にも、

（また、なにか、江戸で大きなことがあったらしい）

と最初は、漠然《ばくぜん》とした噂《うわさ》が、深谷あたりの宿場に出向いていた者が村に帰って来て伝えた。尾高新五郎や渋沢栄二郎などは、この最初の知らせを聞いて、坐っていた姿勢が立ち直ろうとしたものだった。尾高長七郎が旧冬中に残して行った話で、十分だったのである。

栄二郎が、直ちに新五郎のところへ来て見ると、留守で、

「なんですか、思い出した用事があるから、深谷まで行って来るって、出て行きました」

栄二郎は自分と同じように従兄が驚いて、様子を尋《き》きに出て行ったのだ、と理解した。彼自身も、その足で深谷まで従兄のあとを追って行きたかった。正月も十五日の小豆粥《あずきがゆ》を祝ってから、名物の凩《こがらし》もやわらぎ、日中は暖かくなっていた。村道を歩いていて、人を見ると、どこか他所《よそ》から来たひとで、その後の新しい情報を知っていまいかと注意して見るくらいである。

坂下門で安藤対馬守が要撃せられたことを知らせてくれたのも新五郎であった。

「やはり、やったのだ」

いつも落着いている新五郎が、強い感情がこもった声で、こう言った。それは、新五郎が計画はあっても実行は難しかろうと見ていたせいに違いなかった。

「六人だって。対州《たいしゅう》を逃がしてしまって、一人残らず、その場で斬死したそうだ」

栄二郎も事件から圧迫を感じて無言で深く頷いて見せただけである。批評は出来なかった。

「大橋先生も加わっていたのでしょうか？」

「それが、まだ、わからない」

と、新五郎は答えて、

「心配なのだ。まさかと思うけれど、作造を熊谷《くまがや》にやってあるから、戻って来たら、その後のことがわかるかもしれない」

冬の田畑は、死んだように静かなものである。栄二郎は、帰る従兄を、離れにくいような気持で送って行った。

「長七郎さんに、やめてもらってよござんしたね、兄さん」

新五郎だって、そう考えていたのに違いなかった。が、その兄としての感情が出るのを、別のなにかが妨げていたように、微妙な影のある顔色で、小首を傾《かし》げて見せた。それとは別の見方として、大橋訥庵の身に若《も》しものことがあると、現在、上州に避難させてある長七郎も安穏《あんのん》でなかろうとも考えられるのである。

「せっかくの志も遂げずに、死んだ人たちは残念だったろうな」

と、新五郎は、言った。

「だが、なんとしても私はこの話は危ないと思っていた。桜田門のことがあった後だし、老中だって油断ならぬ世の中だと覚悟していることだ。わずかばかりの人数で突っ込んだところで、出来ることではなかった。つまり、急ぎ過ぎているんだよ」

「でも」

栄二郎は、急に目を輝かして言い出した。

「他にもう何《なん》とする手段もないから、捨石になるつもりで、成敗を問わず、やって見るって……」

これは、長七郎が熱心に主張するのを聞いたのが、いつまでも頭に残っていて、つい我がことのように口に出たものであった。

栄二郎は、若い顔を赤くした。

「出て行った人たちは、死んでも本望《ほんもう》だったのでしょう。私、そう思うんですが」

新五郎は答えなかった。明日はその後の新しいことがなにかわかるかもしれない、と言って、別れて帰って行った。その晩のうちに新五郎のところへ誰か旅の客があって、江戸の模様をかなりくわしく伝えて行ったらしかった。

次の日に栄二郎が出て行くなり大橋訥庵が事件の数日前に逮捕されたことを新五郎は知らせた。

「他にも連れて行かれる心配のある人たちがいるそうだ。また安政の大獄の二の舞をやるつもりらしいって……」

暗い顔色で、こう言ってから、静かなひとがにわかに激昂《げっこう》したように強い語気になっていた。

「やるならば、もっと他の方法を考えればよかったのさ。閣老を暗殺するなんて、姑息《こそく》な手段だし、成功したところで、決して好い結果だけが生れるものじゃない。老中なんか、いくらでも後から成り手がある。そんなことで挑発して幕府を怒らせてしまい、逆に強硬にさせるなんて、拙《まず》いのだ。それよりも、もっといまの幕府が困るようなことをしたらいい。閣老の暗殺ぐらいのことで閉口はしないし、考えようによっては、世間の同情を幕府に向けさせてしまうのさ。このへんの村の者に尋いて御覧。厭《いや》なことが、またあったと皆が言っている。その方が意見は正直だし、正しいんじゃないか?」

新五郎の批評が当っているかどうか、栄二郎には判断がつかない。栄二郎は、大橋訥庵のような学者が、このような過激な行動に出たことを知って、若い血が沸き立つ思いがするのである。訥庵先生が書いた本は、他人から借り、自分で筆写して持っていた。

その中でも「近ごろは武士と称する者までが西洋の火砲を学び、西洋の兵法を講習して、それを事とし務めないと恥だと思っているようである」と時勢をなげいたり、「神州の民は人の人にして、戎狄《じゆうてき》の民は人の禽獣《きんじゆう》とも言いつべし」と書いてあったことなど、読んで興奮を感じ、いまも暗記しているくらいである。単純で強い言い方が、若い心を惹《ひ》きつけたのであった。訥庵は、この持論のためにこんどの極端な計画に出られたもので、もとより一身の生死など問題にしておられなかったのだ。

栄二郎は季節が来ると紺の股引《ももひき》をはき藍玉《あいだま》を背負って地方の紺屋《こうや》を行商してまわるた

だの村の若者で、商用が済むと、日向《ひなた》ぼっこなどしながら、ふところから本を出して黙って読みふける。持って出る本は、その時々で違ったが訥庵先生の本を懐中に入れて歩いたこともあった。その先生がこんどの事件の首謀者で自分の従兄がまた関係していたのだから、他所の世界のこととは考えられない。新五郎のように、拙いことだと冷静に批評して済むものでない。

日が経《た》って来る間に、坂下門事件の斬奸趣意書の写しだと称するものが伝わって来た。どこから出たものか、他人が写したものを、また誰かが写して幕府のきびしい取締りの目を潜《くぐ》って伝わって来たのである。栄二郎も、新五郎に、これを見せてもらった。

悲憤慷慨《こうがい》の文章がやはり訥庵を感じさせるものであった。

安藤対馬守の奸謀は井伊大老のそれにも遥《はる》かに過ぎるもので、皇妹和宮《かずのみや》の御降嫁を朝廷から仰せ出されたように称しているが、実は裏から威力を働かして、朝廷の御同意なきものを強奪するようにして公武合体の形を取り、幕府の安泰を計ると同時に外国と交易する勅許を得ようと企てた。この事が行われなければ、安藤はもったいなくも陛下に御譲位を迫る予定で廃帝の例を学者に調べさせた。これは北条氏、足利氏以上の暴逆で、その罪は許し難い。しかも安藤は、外国に対しては慇懃《いんぎん》丁寧を極めて、彼の求むるところを一として聴かざるはない。外人に沿岸の測量を許したのも彼だし、江戸第一の要地、御殿山を彼らに貸すことも承知した。これは彼らを導いて我が国を奪わせるようにするものである。こればかりか外夷《がいい》との応対には対坐して密談数刻に及ぶこともあり骨肉同様に親睦《しんぼく》だが、一方、国内の忠義憂憤の者に対しては仇敵《きゅうてき》の如《ごと》くに嫌っているありさまである。

強烈に燃える焔《ほのお》を見つめているようであった。栄二郎は、動悸《どうき》を感じている。ここには彼の聞いていたことも書いてあれば、さらに知らずにいたことも挙げてあった。それも一方の光しかあてないで、過激な文章で指摘しているのだが、強い感情がそのまま自分の血管の中に入りまじって来るようであった。

執政の要職にある者が、天朝を廃止して膝を外夷に屈し、国を亡国に導こうとしている。彼をして存命せしめるときは、数年を出《い》でずして、我が国神聖の道を廃し、耶蘇教《やそきょう》を奉じて君臣父子の大倫を忘れ、利欲をのみ、これ尊んで、外夷同様、禽獣の群となることは、もう疑いを容《い》れない。それゆえ、自分たちは身命をなげうって、奸邪を殺戮《さつりく》し、幕府の要路の人々に愁訴懇願するのである。

趣意はこうである。

繰返して、栄二郎は読んでみた。

と、しばらくしてから新五郎に申し出た。

「兄さん」

「私にも写させて下さいませんか。あたり箱を拝借願いたいのです」

新五郎は望みにまかせた。この文書は、きびしい空気を、この部屋に持ち込んだ。若いふたりは、平素の彼らではなかった。平穏な村里にいるのだが、外の世界の激しい消息が、虚空《こくう》を伝わって、窓から響いて来ているのだった。

「役人というのが駄目なんです」

栄二郎は、筆をとめて、急に、こう言い出した。

「やはり幕府を倒さなければ、世の中がよくなるときが来ないのじゃないでしょうか？」

自分が教えたおとなしい少年が、こんな言葉を言い出すのを聞くようになっていたのだ。そして、自分もこれを意外とは感じないでいた。

「だが、栄二。十人足らずの人間が駆け出して行ったところで、いつまで経っても幕府がどうなるというものじゃない。死なすのには惜しい人たちを失《な》くすだけのことだ。その上に、幕府が、前よりも強硬になって、圧迫ばかり烈《はげ》しくなるのだ」

誰か、階下の土間に外から人が入って来た様子だった。新五郎は、その話し声を聞いていて、

「繁《しげ》さんか？」

と、呟《つぶや》いた。

姻戚《いんせき》つづきになっている福田という家の息子である。田舎のひとに持前の大きい話し声は、新五郎の家内と話しているのである。

「そうだ。深谷で、長七郎さんに会うたがな。どこへ行かっしゃると尋いたら、手計に寄らず真直《まっす》ぐに江戸へ行くから、新五郎兄さんにも、宜《よろ》しくって……」

栄二郎は筆を落すところだった。

新五郎とも目が合った。

「長七郎が、江戸へ……」

落着いたひとが、ただの顔色ではなかった。すぐに立ち上ると、梯子段《はしごだん》を降りて行った。

栄二郎も、坐っていられる気持ではなくなった。

「繁さん、長七郎にお会いだったと？」

「そうですよ。深谷の鍵屋《かぎや》の前で、ひょっくらと……おや、久し振りのことだと思って、声をかけたら、急ぐからこんどは村へ寄らねえで、真直ぐお江戸へ行くからって……」

「今日の……いつ時分のことでした？」

「さあ、午《ひる》をすこし廻ってたかね」

「午少し過ぎ？」

新五郎は、鸚鵡《おうむ》返しに、こう確かめて、

「今夜は、どこに泊るとも話していませんでしたか？」

「別に、なんとも」

と、こちらの心を知らない暢気《のんき》な返事である。

「あの時分から歩いて行くと、今夜は熊谷あたりに泊んなさったかね。よほど日は永くなってるが……」

新五郎は栄二郎が二階から降りて来たのを鋭く見返った。ふたりの心は一致していた。それは長七郎をこのまま江戸に出したら、訥庵の連累者として逮捕を免《まぬか》れ得ぬということである。

「兄さん」

と、栄二郎は、さぐるような目で見て、意見を求めた。

「そうだ。繁さん、ちょっと御免蒙《こうむ》ります。栄二さんと、しかけた仕事があるので」

新五郎は、栄二郎と二階へ戻って来ると、

「坂下門の一件を知らぬはずはなかろうに」

と、呟いて、瞳《ひとみ》をじっと宙に据えた。

「これは、江戸に出してはならぬ。あれは、例の気性だから……関係した人間が一人残らず斬死したり自決したと聞いて、前後を忘れて出かけたものかもしれぬ」

「追いかけて行って、とめましょう」

「熊谷に泊ってくれたのだと、いまから行けば、間に合うが……」

「私、行って見ましょう」

「私が行かなければならぬところだが、栄二君、代りに行ってくれるか？」

「とにかく、行って、連れて来ます。家の方へ今夜は帰らないって、断ってもらいます。これから出かければ、朝になるでしょうから。お願いします。熊谷で追いつければよいが、行った先がわからなくなっていると……とにかく急ぎましょう。草鞋を拝借します」

新五郎は、こまかく、いろいろと対策を思いめぐらしているらしく、

「そのへんまで私も行こう。どうしたら、よいか？　方々で、いろいろな人がつかまっているのだ。大橋のお宅に出入りしていたのが知れたら、あれだって、逃れられまい」

栄二郎は、深谷に出て、街道を歩き出した。間に合わないと従兄の身に大難が起ると思うから、心が急がれた。栄二郎は、長七郎の誠実な性質が好きであった。剣道の手ほどきを受けたのも昨日のことのように思われるが、長七郎は外に出てわずか数年間で飛躍的に成長した観がある。国事を自分のこととして、歩幅を大きく歩き出しているのである。

「小松屋に泊ってくれると、いいんだがなあ」

長七郎の熊谷の定宿を思い浮べて、こう呟いた。あるいは夜道を急行して歩いて行ったのだと、追いつけない心配があった。

深谷の宿《しゅく》を抜け出ると、まったく、畑の中の道であった。遅い月が、黒々とした地平

の森の陰から顔を出した。

偶《たま》に通行人を追い越したが、これは近在の村の若い衆が深谷へ夜遊びに出た戻り道のものである。

酒機嫌で鼻唄《はなうた》をうたっていたのが、急いで通り抜けて行く栄二郎をからかって、なにか声高く言った。男たちは、栄二郎がなんのために、こんな夜道を急いでいるのか目的を知らない。江戸の坂下門で起ったことが自分たちの運命にも関係のないことでないとは夢にも思っていないのだ。酔いどれて村にある自分の家に帰ると、死んだようになって睡《ねむ》り、夜が明けると家人に起されて、馬の世話をしたり畑に出たりして昨日となにも変りのない一日を送るだけなのである。

従兄たちの感化もあるが栄二郎は、外の世界に目を開いている。怠ってはいないつもりであった。田舎の生活に付きものの惰性から精神だけは脱け出しているつもりであった。百姓の家に生れたが、自分の殻の中に地虫のように縮こまっていないで、なにか他人のため、天下のために役に立つときが、やがて来るように信じていられる。現に、こうして淋《さび》しい夜の街道を歩いているのだって、目醒めた行動の一つなのであった。無邪気な自信である。おれも、地虫ではなくなった。こう眺められるのである。

風のない静かな晩で、草鞋ばきの自分の足音だけ聞いて歩いている。

睡くはない。江戸も京大坂も、自分のすぐ側《そば》に来ているのだ。血洗島で送る日々の中に、これが這入《はい》って来ているのだ。その自覚がにわかに深まって来ているのである。

少し夜が白《しら》んで来たように思うと、熊谷宿の縄手《なわて》道に入って、行く手の野面に人家が展開しているのが見えた。早立ちの旅びとも、まだ姿を見せない。長七郎が熊谷に泊っていれば、朝早く出かけるにしても、まだ間に合うものと思われた。

宿《しゅく》に入って見ると、両側のどの家もまだ雨戸を閉めたままであった。行く手に早起きして戸をあけてある家が見えた。側まで行くと、それが自分が訪ねて来た小松屋で、まだ暗い店の中で、かまどに焚《た》いている火の色が奥でちらちらしている。

出会頭《であいがしら》に大小をつかんで梯子段を降りて来て、草鞋をはこうと土間に足をおろした男があった。

「兄さん」

と、栄二郎は叫んだ。

やはり、尾高長七郎だったので、屈《かが》んだ姿勢から起きなおって、

「なんだ、栄二君。どうしたのだ?」

栄二郎は、旅籠《はたご》の者に話を聞かれてはならぬと思って、従兄が草鞋をはいて出て来るのを、待った。

「どうしたんだよ。いま時分、こんなところに?」

長七郎は、不審そうに、こう繰返した。

「なにかあったのか？」

「兄さんに話すことがあって、追いかけて来たんです。新五兄さんに頼まれて、代りに来たんだ」

「江戸へ行くなって言うんだな」

長七郎は、男らしい顔で笑った。草鞋をはき終っていた。

外へ出てから栄二郎は寄り添うようにして、

「一緒に帰って下さい」

「それア困る。どうしてだ？」

「だって、兄さんがこれから江戸へ出たら、危険じゃありませんか？」

次の一語で、長七郎の軽い笑顔が消えた。

「大橋先生と連絡のあった人は皆、召捕られているんです」

「大橋先生が、どうかした？」

「牢屋《ろうや》へ送られているのを、知らない？」

「いや、知らぬ」

「坂下門で、安藤対州を襲撃した人たちが、みんな、斬死したことも」

長七郎は、初めて、ぎょっとしたようである。驚いたことは、彼が国領村にいてなにも知らずにいたことである。

「それア……」

と、興奮した目の色を見せたが、

「なにも聞いてない。それで、対州を討ち留めたのか？」

栄二郎は、呆《あき》れて激しく首を振って見せた。

「なにも知らないんですか、兄さん。なにも知らずに、出て来るなんて」

「これは、驚き入った」

「こっちへ歩きましょう」

栄二郎は、江戸へ出る道とは反対の、自分が来た道に従兄を誘うと、いまは、おとなしく随《つ》いて来た。純真な気性が現れ、悲痛な顔色であった。

「そうか、失敗だったか……」

長七郎は繰返して、こう言った。悲痛な顔色となっている。

栄二郎は、自分が聞いた限りのことを口ばやく話して聞かせたのである。ようやく人が起きて来る時間となって、どこでも音をさせて雨戸を開け、往来を掃除に出ているところもある。片側に寺があったのを見て、ふたりは、境内に入って立話をした。白梅の花がさかりであった。人は出て来ないが、本堂で経を読む声が続いていた。

「そんなことなんで、兄さんがここで江戸へ出て行けば、ただでは済まない。新五兄さんも、そう言われるのです。鬼どもは、手ぐすねひいて待ち構えている」

「…………」

「いまのままでは、手計村でも安全とは言えない。当分、どこかに隠れて時期を待っているとして、八州《はっしゅう》の目のとどくところだと、水戸や宇都宮あたりまで探索の手が伸びているそうですから……新五兄さんは、ぐずぐずしていないで、差し当って信州あたりへ行ったらよい、という意見なのです」

「そんなことになっていたのか？」

と、嘆くように言った。まだ、事実とは信じられないような様子である。

「国領村では、まだそんなことを知らない。私は大橋先生たちがどうされたかと思って、様子を見に行くつもりだった」

「危ないところだったんですよ」

「田舎なのだなあ。なにも聞かなかった」

まだ、茫然《ぼうぜん》としているのだ。栄二郎は、これを動かそうとした。

「とにかく、引き返しましょう。どこに落着くかは、途中で考えるとして……」

思案にくれた様子で、長七郎は、栄二郎について来た。

「そうか、逃がしたのか？　六人で、やったんだって？　誰と誰だった？」

長七郎は自分も最初の計画に加わっていたことで、他人のこととは聞けなかったのである。

「気の毒だ」

　と、吐き出すように言って、

「栄二さん、ほんとうはね。私は多賀谷《たがや》勇などと、上野の輪王寺《りんのうじ》の宮様を奉じて、諸国の同志を集めて、日光に籠《こも》って、幕府をツッ突こうと企てたのだ。それで水戸へ行って
「原市之進《いちのしん》に会って話したり、菊池教中《きくちきょうちゅう》さんを宇都宮に訪ねて、意見を求めたりした」

「……………」

「大橋門下にも、賛成者が出来たので、訥庵先生を中心に相談に寄ったら、その席で、安藤対州をやッつける方が早手廻しだという主張がこんど死んだ連中から出て、皆が、そっちの話に曳《ひ》き摺《ず》られたのだ」

　栄二郎は熱心に耳を傾けていた。従兄が、そんな大きな仕事を企てて、諸国を遊説していたことなど、初めて聞く話なのである。

「大橋先生も、安藤に天誅《てんちゅう》を加える方に賛成された。まったくいま考えてみると、他の話をしに寄り合ったものが、その場で、ああいうことに決まってしまったのだ」

「新五兄さんは、事を急ぎ過ぎるのがいけないし、結果も逆で幕府を悪く刺戟《しげき》しただけだと仰有《おっしゃ》ってられました」

「物の勢いだ」

　と、長七郎は言った。

「十一月八日の晩だった。それまで準備して来たことをうっちゃって、その場で急に出た話に、皆で飛びついたのだ。だが、やったのだなあ。自分の命なんて考えてないのだ。皆、好いひとたちばかりだった。失敗させたくなかったな。まったく、目的だけは貫《つらぬ》かせたかった」

栄二郎も深く頷いて見せた。その落胆も悲痛の念も、従兄の心は、よくわかるのである。その後は、黙々と、ふたりは並んで歩くだけだった。朝日が昇って来て、一筋道に人の影を見るようになっていた。その中に、江戸から下知《げじ》を受けた八州の役人がいないとも限らない点も、ふたりの頭にあるのである。

「どこへ行きます？　兄さん」

「うん」

長七郎は、まだ、それが決断がつかないらしい。

「家へは帰るまい」

と言って、

「出来たら京に上《のぼ》りたい」

栄二郎は、この従兄が羨《うらやま》しくなった。気の毒に思って駆けつけて来たのだが、境遇の暗い面は見えない。若いたくましい性質だけが目立った。

「あっちには以前から会いたいと思ってたひとが多勢いる。なんといったって、お膝もとだし、江戸と違って活気があるに違いない。前から考えていたことだ」

「いいですね。いいですね、兄さんのために、きっと好いことになりますよ。私も行きたいんだ」

　血洗島の睡ったように静かな生活や、ひと月後には自分の赤ん坊が生れて来ることを、栄二郎は考えた。この従兄は自分と二つきり年が違わないのに、どうして、こう自由に、闊達《かったつ》に、男らしく生きて行けるのか？

「そうだ」

　長七郎は、大股《おおまた》で歩きながら、急に言い出した。

「当分、私は佐又の木内《きうち》さんのところへ行って厄介になろう。新五兄さんに、そう話して心配なさらないようにって。あすこなら安心して隠れていられるから」

子供は、二月に生れた。男の子だったので家中が悦《よろこ》んだ。殊《こと》に、初孫を得た市郎右衛門の悦び方は格別で、にわかに父親となってまだ落着かない気持でいた栄二郎が見ても、目頭《めがしら》がうるむくらいであった。

「これで、安心だよ。お前も、これで家の仕事に働き甲斐《がい》があると思うようになって来るだろう。なんといっても子供は可愛《かわい》いものだ」

市太郎と名をつけた。

栄二郎は、母親譲りの優しい気性だった。小さい者がやがて日ごとに示し始めた変化を、むさぼるようにして見まもることを覚えた。

確かに朝夕が幸福であった。千代が、子供を抱いてあやしている。農家の生れにしては花車《きやしゃ》で、人形のような品の好い顔立《かおだち》をしていた。がそれに新しく、明るい落着きが加わったように見える。

市太郎が笑った。いや、顔をしかめたのだ、と家中で騒ぐのだ。畑仕事に出て帰って来ると、垣の外から家の中の市郎右衛門や千代の賑《にぎ》やかな話し声が聞えて来る。古い家が空気を変えたのである。

「だが、この子が育って一人前になるころ、世の中はどうなっているだろう」

やはり、栄二郎の頭の中には、外の風が吹き通って来ていた。信州へ行った長七郎が、二ヵ月ほど経《た》ってからいよいよこれから京へ行くと飛脚《ひきやく》で知らせて来ていた。いつか栄二郎が、ふと思ったように、江戸も京都も確かに、この静かな家の中に這入《はい》って来ていた。この子が成長してから、自分と同じように陣屋の代官に呼び出されて、我慢出来ないような待遇を受けるのでは、承知出来ないとも思って見た。天下は動揺し続けていた。いまのままでは、明日のことはわからない。お先真暗だとしか考えられない。水戸の烈《れつ》公《こう》は、世の中はいま、日の暮れ際《ぎわ》、と言ったと聞いたことがあったが、そんな黄昏時《たそがれどき》のようにだんだんと暗くなるばかりの世の中へ、この子を押しやるだけで親として済むものかどうか？

そんなとき、栄二郎は、京へ向ったはずの長七郎のことを考える。自分がこの家で、百姓だけをして一代を終るのだというのが、いかにも意気地ないように思えて来る。長七郎が暗殺の陰謀に加わるのを、あれだけ制《と》めた尾高新五郎でさえ、弟を地方に隠してやった後の近ごろになって、物の考え方が急に変って来たようであった。

「本だけ読んでても駄目だな。栄二君」

こう言い出したことさえあった。年齢だけの落着きを見せて来たひとが、やはりなにか、物に押し出されるように感じているのだ。

「こんな時代に、自分で勇気さえあれば出来ることがあると知っていて、なにもしないで澄ましている人間だったらいったい、なんでこの世に生れて来たのかね」

決して過《あやま》ちを犯すことがないといわれる人間などより、幾度でも懲りずに失敗するような男の方が、人として深いし、あるいは、世のため、人のためにもなるじゃないか？

こう言うのを聞くとき、栄二郎は新五郎がやはり、じっとして坐《すわ》っていられなくなっているのだ、と感じるのである。どんな形になって現れるかわからないが、行動する意欲がきざして来ているのだった。

「長七郎は私と違う。兄として眺めていて、はらはらさせられるようなことが多いが、いつか、これと思うことを仕遂げるかもしれないのだ」

新五郎にも、もとより家の仕事があり、妻子があった。また、上下の信望があって、村の名主役を仰せつかろうとしていたので、理想どおりに動こうとしても、いまの環境から脱け出るのは困難なのである。栄二郎が見ていて、新五郎はめんどうな商売のことを実に地道に捌《さば》いている。算盤《そろばん》をはじいたり、訪ねて来る村の者の話に親切に相談相手となったり、実に日々がいそがしいのである。それが怠りなく読書の時を作り、また時折、風のように訪ねて来る学問の友人や国事に奔走している人々の談論を、むさぼるようにして聴いているのである。この種類の客は、路用に困っている者が多く、また一面に無責任で放埓《ほうらつ》な性質な者が稀《ま》れでないのだった。

「しかし、なにか教えられる。考えさせるものを残して行くのだね」

長七郎の同志の一人で、長州藩士の多賀谷勇が、八州取締りの追及の目を逃れて、鹿《か》沼《ぬま》の知人のところに隠れていたのに、ひそかに金をやって遠国に行けるように計らってやったのも新五郎であった。

秋が来ていた。急に、この地方に麻疹《はしか》がはやって栄二郎の家でも家人が立て続けに患《わずら》った。なんでもないと思っていたのが、赤子の市太郎が死んだ。

新五郎も、くやみを言いに来たが、

「栄二君、思い切って、しばらくでもよいから、江戸に出て、外の風にあたって来たら、どうだ？」

と、沈み切っていた栄二郎に、親切にすすめてくれた。

「父御が、まだ御達者なのだし、君は、私と違って、身軽く出て行ける。是非、そうするのだね。気分も変るから」

栄二郎も、急に、そうしたいと思い立った。父親や妻のことを思いやると決心がつかなかったが、一度思い立つと、なんとかして江戸に出たかった。

「私も行きたいのだが、行けない」

と、新五郎は沈んだ笑顔を見せた。

「だから、代りに、栄二君に行ってもらいたいのだね」

栄二郎は頷《うなず》いて見せた。しかし行くとしても、やはり家業があまりいそがしくない来春でないと父親に申訳ないと思った。

新年を迎えてから、栄二郎は江戸に出て来た。前々年にも、この季節に出て、下谷の海保塾に入門した。こんどは二度目のことだからまごつくようなことはない。

やはり、海保塾に入り、剣道を習いに通う神田お玉ケ池の千葉道場に寝泊りすることもあった。

どちらにも前のときに親しくした人間が残っていた。それに、従兄弟《いとこ》にあたる渋沢喜《き》作《さく》が江戸に出ていたので、なにかと都合よかった。

喜作もまた、時代に目醒《めざ》めた青年の一人で尾高兄弟とも親しい。

「そうか、長七郎君を逃がしたか？　どうしているかと思って内々で心配していたのだ」

と、言った。

海保塾にも千葉道場にも、れっきとした士分の者も入門しているが、地方の郷士だの、余裕のある農家の出身の者が多いのが目立っていた。これは確かに新しい現象であった。

幕府直参《じきさん》の武士にはおとなしい人柄の者が多くて、どちらかというと栄二郎などの話相手にはならない。議論好きで、政治面に起る事件に熱心に注意を向けているのは地方出の青年たちに多かった。第一、彼らは、行動を拘束するような主人持ちでない。遠慮なく自由な意見を持つし活気があった。栄二郎ひとりがそうなのでなく、青雲の志というのが、燃えようと待ち構えて、江戸を目がけて集まって来ている青年ばかりであった。血洗島のような村里にいて、意志の通じ合うのが極めて限られたもので、どこの村では誰、どこでは誰、と算《かぞ》えるくらいなのとは違って、議論の相手はいくらでも見つかる。刺戟《しげき》は強かった。それも天下の運命と自分とを結びつけて考えているのが、この青年たちに共通した特徴である。明日を危ぶまれるまでに世の中が行き詰って来ている時代だったせいに違いない。個人的な出世や栄達を望む気持は、不思議なくらいにこの青年たちになかった。目醒めた青年たちの願いは、国事に身を投げ出すことであった。

幕府には、もう彼らはなにも期待していなくなっていた。だから、自分たちでも進んで、出来るだけのことをしなければ、日本が亡びてしまうのだと考え始めていたのである。物の見方が単純なのを誰も咎《とが》めなかった。いまのままでは将来に希望はまったくない。なんとかして現状を打破しなければ、と、純真に思い込んでいる人々であった。

江戸に出て来て、栄二郎は、こういう活気のある人間の中に這入った。前に来たときと比べて考えても、確かに、世間も人も急速に変って来たと思った。世の中の方がさらに行き詰り、代りに人間がなんとなく新しく活気を帯びている、こう見たのであった。

江戸でも町を歩いている限りには、世の中の変り目が来ているなどとは考えられないくらいに、平和であった。子供たちは空地で遊んでいるし、往来の店舗は客で賑わっている。

歩いていると、栄二郎などは、なにか大したことが日本の国全体の上に起って来るのだと信じているのは、自分たちの仲間だけが抱いている錯覚なのではないかと思い、淋《さび》しくなることさえあった。

だが、気がついてみると栄二郎は、友人たちと一緒に、もう駆け出して足がとまらなくなっていたのと同じである。小さく燃える焰《ほのお》でも一塊《ひとかたま》りに集まると、もはや、とめられない勢いで燃え立つ。青春の客気《かっき》というのがこれだろうが、自他の見さかいが失《な》くなるのである。

折を見て田舎の家へ帰るのだが、調子は変っていない。尾高新五郎が、栄二郎から外の世界の新しい風を受けようとして待っていた。その他の同志の友人たちも、近在に見つかって来た。どこそこに、こういう人物がいて、同じようなことを考えている、と聞くと、足まめに訪ねて見て、小さい輪はだんだんとひろがって来た。現状に不満な人は多かった。その人たちは、機会さえ見つかれば動こうとする気運を見せている。水戸が近かったし、その学風や思想は、飛び火のように、村々の目醒めた青年の心に点じられ、風が来るのを待って、燻《くすぶ》っていたのである。栄二郎が江戸に出ている間には、新五郎がその人々と連絡をつけていた。栄二郎は、この人々を江戸にいる同志の者に結びつけたのである。

知っていて栄二郎は、自分が逃がしてやった長七郎と同じ道を辿《たど》り始めていた。性格の上で、栄二郎は慎重だった。しかし、熱心な人々の中にいると、同じ色の結論だけを見るようになって来る。

江戸に出ている間に、栄二郎は、同志の者のほかにも、いろいろの人間に会って見た。その中で、一橋家《ひとつばしけ》の用人で、平岡円四郎というひとが変に頭に残った。一橋家は当主の徳川慶喜《よしのぶ》が水戸の烈公の実子だし、栄二郎たちが頼みに思っている水戸に近い家柄なので接近して、幾人かのひとと話してみたのだが、この平岡円四郎は、尋常のひとでないような印象を受けた。

平岡の年齢は四十歳に近く、一橋家の用人のことだし、権式《けんしき》ぶっているかと思ったが、根岸にある家を訪ねてみると、平服で縁側に出て、布団なしに坐っているところへ、そのまま通されて、話すことになった。

「私はね、こうして、ひとりで庭と向い合っているときが、一番いそがしく仕事をしているのだ」

頭から平岡は、こんなことを言った。

これは来客によって、時間と感興をみだされたくないと露骨に言ったもののように取れたが、話してみると、平岡の口のききようは万事これに近かった。多くを喋《しゃべ》らないが、無遠慮に真向《まっこう》上段から物を言って憚《はば》からない。

それに目に特徴があった。栄二郎などに向ける瞳《ひとみ》が坐っているような感じで、光が鋭《するど》かった。主人持ちの人間にありがちの奉公に過失ないことだけを願っているひととは類が違うようである。

構わぬと見えて庭もかなり荒れていた。枝は繁《しげ》り放題だし、草が伸びている。その中に紫色のものが見えたのが、菖蒲《しょうぶ》が咲いていたのである。

栄二郎を連れて行った渋沢喜作が口を切って、栄二郎も自分の意見を話して、平岡がどう答えるかを待った。

「攘夷《じょうい》なんて、百姓《ひゃくしょう》の意見だ」

ひとことだけ、平岡がこう答えたので、栄二郎はひどく意外に思った。攘夷論の本家は水戸の烈公なのだし、平岡は、その家来筋に当っているので、そんなことは言えないはずである。

栄二郎も喜作も、庶民の中の有志だが、過激な攘夷論を抱いているものなので、聞き捨てに出来ないと思った。

「いや、どなたがなんと言われたか知らぬが、攘夷などとは百姓の議論だ」

平岡は、短くこう繰返してから、黙り込んだ。

たまりかねて、栄二郎は、顔を赤くしてこう言い出した。

「手前どもは百姓の生れです。それには相違ありません」

ほう、といったように平岡は栄二郎を見まもって穏やかに微笑した。

「そうか、それは失敬した」

と、淡白な態度である。

「なにも、私も百姓を軽蔑ばかりしているわけではない。確かに士分の者だけの力では、もはや、なにも出来なくなっているのだ。新しい力が世の中に出てくれねば、まことに困るのだ。これは世辞ではない。だが、農民出の人間は、土に馴染《なじ》んで来たせいか、自分の足もとしか見ない癖がある。遠方を見ようとしないのだ」

「攘夷がいかんと仰有《おつしや》るのですか？」

と、喜作も激しく言い出した。

「ああ、いかん」

平岡は、二人の青年を等分に見て、なにを考えたのか、にこにこした。

「日本に来ている異人の後《うしろ》には、海の向うの異人の国があるよ。それから、そのまた後に、どんな世界があるのか、私たちにはまだわかっていないのだ。そんなものじゃないか？　自分の住んでいる国土のことだけしか見えないのでは間違うのだ」

不満のまま、ふたりは外に出て来た。平岡は無造作《むぞうさ》に自分から立ち上って玄関まで送

りに出て来て、

「また話しに来たまえ」

と、言ってくれた。

無礼ではないのである。客を前において超然としているように見えるが、無造作に話す言葉の中に、心に真実のある人物だとわかった。

「ひとから聞いたが、もとは、もっと物に構わない乱暴な男だったそうだ」

と、喜作が話した。

「勘定奉行《かんじょうぶぎょう》まで上《のぼ》った岡本大和守《やまとのかみ》の何番目かの子だというから、直参の旗本の家に育ったのだが、若いときから変り者で知られていて一橋家に仕えるようになって、慶喜公のお小姓に出たが、飯の給仕をさせても乱暴なので慶喜公がたまりかねて、御自分で杓子《しゃくし》を取って見せて、給仕はこういうようにするのだと平岡に教えたという話がある。どこか変った男だよ」

栄二郎の不満は、平岡が攘夷に反対だったことであった。

「型破りのひとかもしれないが、一橋家の用人など勤めていると、自然と、御用部屋の政策に感化されて、あんな議論を言い出すんだろう。いまの日本に攘夷以上に差し迫って肝要なことがあるはずはない。やはり、外国人がこわいのかな」

喜作や栄二郎が同志の者とひそかに談じ合って、時機を見て実行に移そうと企てていたのが、この攘夷の運動だったので、平岡円四郎の意見は心外のものと聞いて来たのである。やはり主人持ちの事なかれと念じる小心な態度で、自分たち青年の已《や》むに已まれぬ精神とは両立しないものだと考えられた。

だが、庭の荒れた根岸の家の印象とともに平岡円四郎の一風変った態度は栄二郎には忘れられないものになった。これは自分が同志の者として交際している人々とはまったく別の人間であった。旗本の出だというが、それらしい気取りや、因循《いんじゅん》な性質は見えない。とぎ澄ました刃物を見るように鋭いところが窺《うかが》われ、曖昧《あいまい》な点が見えなかった。自分たち若い者が一つ焔となって燃え立ち火気のもやもやした中に好んで住んでいるのに比べると、平岡は寒中の水のように冷やかなところを持っているように見える。

「あのひとは、あのひとなのだ」

と、栄二郎は結論を下した。

「私たちは正しいと信じた道を邁進《まいしん》するだけのことさ」

平岡円四郎も、もはや武士だけに頼っておられぬと話した。尾高新五郎がまた、いつだったか、百姓が動き出す時が来たらという意味のことを言った。現在の栄二郎は、おのれが農家の出なのを誇ってよい時代が来たと自負していた。

郷里を時々訪れながら江戸には四ヵ月ばかり滞在した。その間に語り合う仲間が出来上り、やろうとする計画にも目鼻がついた。やはり大がかりな攘夷運動であった。攘夷鎖港《さこう》は、京都から仰せ出された大方針でありながら、幕府が因循で、勅諚《ちょくじょう》に背《そむ》き奉って、いっこうに実施しないばかりか、外国人には尻尾《しっぽ》を振って機嫌を取っているのである。それならば、自分たち志ある者の力を集めて、攘夷の実をあげて見せようではないか？　この結論であった。意義のある仕事と信じた。年の若さが、これに拍車をかけた。

栄二郎はまだ二十四歳、血気のさかりであった。

江戸で栄二郎がこの話を進めて来た間に、郷里でも目醒めた人たちの間に同じ動きが現れて来ていた。鎖国に慣れて来た日本人に、外から黒船が来て、異人が入って来たというのが、どれだけ大きな刺戟だったかは、現代の私たちには想像がつかない。平穏に暮して来たところへ、全然、慣れないものが入って来たのだ。夢魔を見るように不気味なのである。神州の土地に住む者から見れば、穢《けがらわ》しい者どもである。そして、最近の国内の混乱の全部が彼らが入って来たために起ったのだ。日本中、どこへ行っても、人がそう信じていた。

「御公儀はなにをしているのだ？　異人を国内から追い払わなければ駄目だ」

人には日本が亡国の前夜にあるように見えた。栄二郎が会った平岡円四郎のように、攘夷なんて百姓の議論で出来ることでないと言い切る人間は、日本中で極《ご》く稀れである。そう信じていても、その意見を持ち出したら、まわりから寄ってたかって、やっつけられるのはわかっているから、議論を控えている者が多い。攘夷論者の熱弁だけが日本中の宙を充たしている。栄二郎などは、その熱に取り憑《つ》かれたのであった。純真に、このままでは国が亡びると信じたから、動き出したのである。

郷里では、従兄であり若い日の師匠だった尾高新五郎が、これまでの殻を破って、栄二郎と歩調を合せようと待っていた。それに、血洗島の北にある南阿賀野《みなみあがの》村の生れで、桃井儀八《もものいぎはち》というひとが、中央に出て学問で知られていたが、国事を憂えて、田舎にひきこもり、機会があったら同志を語らって、攘夷を実行に移そうとしていた。栄二郎は、このひとと交際してお互《たがい》の意見を交《まじ》えた。

田舎の村々も睡《ねむ》っているのではなかった。どこにも燃えようとする火を準備している人間が隠れていたのが心強かった。

「新五兄さん、入用なのは武器です。いまから、急いで集めて、どこかに隠しておきましょう」

栄二郎が、こう言い出した。

「資金は、私たちで都合しましょう」

百姓の子が、そんなことを考えるように変化して来ていた。

それも、桃井儀八の計画は、行動を起して上州沼田の城を奪って根拠地とし、諸国の同志に檄《げき》を飛ばして呼応させ、横浜に乗り込んで異人を一人残らず殺そうというのであった。

江戸にいる間に栄二郎がひそかに企てて友人たちの賛成を得たのも、これに似たもので、横浜を襲って居留地を焼き払い、異人を殺すことだった。

「皆が離れていても、同じことを考えていたんですね。長七兄さんたちがやろうとして失敗したように閣老を暗殺したところで、幕府が反省するものでない。僕らで大がかりに攘夷の実をあげて見せれば、日本中の人間が奮起してくれるのだ」

重厚な新五郎が、これに賛成して出た。これだって有志の者の熱度が、そこまで上昇して来ていた証拠であろう。いまは机に向って本を読んでいるときではなかった。

桃井儀八は、長州藩の人々と前から連絡もあり、事を起せば、その側《がわ》からなにかの形で扶《たす》けてもらえると話していた。

「うまく行くと、渋沢君、我々が沼田の城に拠《よ》っている間に、長州が錦旗《きんき》を立てて関東へ攻め下ってくれることも、ないとは言えない。そうなれば、しめたものだ。水戸の連中だって、黙って傍観しているわけはない。これは動く、必ず、天下が挙《こぞ》って、動き出すね。我々は、その口火となるのだ」

新五郎は、やはり着実な意見を立てた。桃井儀八は、やはり学者肌《はだ》の人物で、実際に当って、どれだけ、その主張が実現を見るものか、危ぶまれるような心持がした。坂下門の場合の大橋訥庵の計画と同じことで、どこかに実際と狂う点があるようで不安なのである。

だからといって新五郎は事を挙げるのに臆病《おくびょう》なのではなかった。自分たちの力で出来ることを実行すればよいのだ。地道に。——この主張であった。

「横浜へ押し出すのに、沼田の城では奥過ぎるようだ。もらうなら高崎の城だと思うな」

こう言った。

「どうせ、江戸を通るわけには行かない。いくら幕府の力が弱っていても、私たちが集めた人数ぐらいなら、手易《たやす》く防遏《ぼうあつ》してしまうだろう。行くなら、江戸を避けて鎌倉街道を出るのが無事に神奈川まで通れると思う。それには先手を打って高崎の城をこちらの手に収めないと、出て行ってもあすこで躓《つまず》く危険がある。不意を襲って高崎を抑え、すぐに方向を変えて、神奈川に出るのなら、途中、邪魔が入らずに、楽々と横浜に行けるはずだ」

真剣な問題で、こう主張する新五郎の顔はきびしいものだった。

真剣な気持で、栄二郎は、高崎の城を見に出て行った。城門の前に立って、この城を自分たちがもらうのだ、と怪しみもせず、考えるのだった。江戸にいるときと違って無腰だし、紺《こん》の股引《ももひき》をはいて、近郷の村の青年が出て来て城を見物しているとしかみえない風采《ふうさい》である。濠《ほり》には蓮《はす》が繁って花が咲いている。橋を渡った城門のところには、わずか二人ばかりの足軽が立って、番をしている。

「わけないことだ」

栄二郎は、こう思った。事を起すとすれば、江戸の千葉道場からも加勢に来る人数があるし、この付近で加盟を約束した者を集めると、すくなくとも味方は六、七十人の総勢になる。この小さい城に焼討ちをかけて失敗しようなどとは考えられない。

「やはり、油断を見て夜、決行するんだ。城に焼討ちをかけたら、新五兄さんの言うとおり、すぐに鎌倉街道を押し出せば、役人どもが出張って来る以前なら大手を振って、横浜へ攻めて行ける」

出来ることと見て、軀《からだ》が熱くなった。濠についで見てまわってから、帰途につくと、以前に読んだ小説の里見八犬伝の一部を思い出した。これは、里見義実《さとみよしざね》が初めて安房《あわ》の滝田の城を奪ったときに、夜おそく百姓に提灯《ちょうちん》を持たせて、城門の外から「お願いがございます」と声をかけて、城兵が門をあけたところを見て、隠れていた味方が斬り込んで、成功したという物語である。

「あれを真似《まね》してもよい」

ほん気に、こう考え始めた。あたりの景色など見ていない。歩きながら、頭に浮んで来るいろいろの工夫《くふう》に酔っているのだ。

尾高新五郎も、高崎の城に焼討ちをかけるなら、火が早い冬の、名物の風があるときがよかろうと主張したことがある。他の者も、それに異議なかった。上州の冬の風は烈《はげ》しいのである。

「冬も冬至《とうじ》の日あたりがよかろう。あの日は一陽来復《いちようらいふく》というのだから、幸先《さいさき》がよい」

別の者が、これも真面目《まじめ》に、こう言い出した。

「冬至というと幾日になる？」

「十一月二十三日」

いまからでは、これは、かなり先のことになるが、いろいろの準備も要るし、周到に事を運ぶのには急ぐよりもその時分まで辛抱《しんぼう》して待つ方がよかろうと話が極まった。高崎に城を検分に出て行ってから以前に増して、栄二郎は熱心になっていた。

「必ず、成功します。愉快だと思うのだ。私たちで、これだけのことが出来る。誰か、横浜の方を見て来てくれるといいんだな」

絵図は手に入れていた。「御開港横浜絵図」と怪《け》しからぬ題字をつけて、海の上には各国旗を揚げた黒船の絵が幾隻も並べて刷り出してあるものだった。

武器の調達にも、栄二郎は熱心であった。鉄砲が欲しかったが、この近村には、もとより一挺《ちよう》だってなかった。買い入れるとしたら江戸だったがこれは危険が伴う。発覚したら、取調べられるのはわかっている。

「なくていいだろう」

新五郎は、例によって慎重であった。一挺や二挺、鉄砲を手に入れるだけで、同志の者全部を危うくするようなことがあっては、元も子もなくなる話。刀剣でも役に立つのである。

だが、この刀剣とて、急に集めるとなると目立つおそれがあった。

「兄さん、私に心あたりがあるから、お任《まか》せ下さい」

「用心しないといけないよ」

栄二郎は、また近く親になろうとしていた。しかし、物に憑かれたように自分たちの計画に熱中していて、藍の買入れに父親から預かった三百両の金があったのを、武器の調達にあてる決心で、江戸に出て来た。不穏な時世のことで、江戸に近づくほど、八州取締りの手の者らしい人間が街道の人の出入りをきびしく監視しているのがわかった。現に、旅びとの荷物をあけさせて調べている場面も見かけた。

なに、抜け道は、いくらでもあるのだ。栄二郎は、こう見くびっていた。どこまでも、大胆にやって見るつもりである。自分を除いて、この仕事を細心に運ぶことが出来る者はなかった。金だけでも、出す者がないのである。

市中に入って栄二郎が訪ねたのは、神田柳原《やなぎはら》で武具を商《あきな》っている梅田という店であった。撃剣道具など頼んだこともあり亭主が変り者なので、心安くなり、江戸に出たときに泊めてもらったこともある。その時分の栄二郎は武士の風をしていたが、こんどは、商人の姿で入って行ったので亭主は驚いて見て、すぐに様子あることと考えたらしく、

「こちらへ、おいで下さいまし」

と、自分で立って住居になっている裏の方へ案内し、店の者に濯《すす》ぎの水など運ばせて、栄二郎が草鞋《わらじ》を脱ぐと土蔵の二階へ連れ込んだ。

「いかがなさいました？　その後、お変りもございませんで」

お玉ケ池の千葉道場の人間で志士の一人と見て、世話好きなので前から肩を入れてくれていたのである。

「御亭主、折り入って頼みたいことがあるのだ。聞いてくれるか？」

「はて、どんなお話でございます？」

「ここだけの話だが」

こう断りながら、さすがに肩に緊迫したものが加わるのを感じた。

梅田の亭主も、栄二郎の様子にこれまでに見なかったものを感じたらしい。

「どのような……」

「刀と槍《やり》とを合せて、百二、三十、他に着込《きご》みを七十着ばかり集めてもらいたいのだ」

と、栄二郎は、ついに切り出した。

「それも、なるべく急いでもらいたいのだが、どうだろう？」

この注文は、もとより人に尋常でないと思わせるものだった。亭主は、しばらく口を噤《つぐ》んでいたが、

「それは、旦那さま、どういうことにお使いになりますか？」

と、静かに尋ね返した。

栄二郎が、また、その点を打ち明けるわけには行かなかった。

「どうだろうな、御亭主、そこを黙って引受けてもらえまいか？」

さすがに、相手の顔色に鋭く注意を向けた。

「御亭主、お手前を男と見込んで頼むのだ。なにも尋《き》かずに引受けてもらいたい。こちらからは、誓って当家に迷惑を掛けぬように計らうつもりでいる」

思えば、危険な談判で、相手の出よう一つで栄二郎は安穏ではいられないのだ。

亭主は俯向《うつむ》いて黙り込んだままじっと思案しているらしく見えた。栄二郎にはこれがかなり永い時間に思われたのである。出来るか、出来ないか、まったく相手の決定によるものだった。

「以前から御贔屓《ごひいき》にして頂いております貴方《あなた》さままでございます」

と、真剣な心持が亭主の顔に現れていた。

「お人柄も存じ上げておるつもりでございますが」

「頼む」

と、栄二郎は顔を赤くして、手を畳に滑らせようとした。

「よろしゅうございます。手前も梅田慎之助《しんのすけ》でございます。確かにお引受け致しました」

「それア……」

実にほっとした思いだった。

「頼まれてくれるのだな」

「はい」

世間に珍しい俠気《きょうき》と言えようが、栄二郎が見込んであてにして来ただけあって、一介の商人だがまたいまの時代がどんなものかを漠然《ばくぜん》とながら承知していたものであろう。引受けたとなると、亭主は、無駄なことを口に出さなかった。

「梅田も男でございます」

と言って、

「だが、それを、どちらへおとどけ申すのでございましょう？」

「それは、郷里の私の家だ」

「ですが、途中をなんと致すかでございます。御承知でもございましょうが、ただの品物ではありませぬし、なにさま、当節は……」

「心得ている」

栄二郎は、こう答えた。

「それも考えて来た。飛脚をやって村から手伝いの者を呼び寄せるつもりだが、両国から舟で、利根川伝いに運ぶようにしてはどうか、と思った。郷里の廻船《かいせん》問屋に懇意な者もおり、武具とわからぬように包んで出せば、難なく通るのではないか？」

「お船で、利根川を上《のぼ》らせますか？」

亭主は、それがよいとも悪いとも言わずなにか考えているようだったが、

「なんとしても、それだけの品々を集めるとなりますと、手前どもでも、短時日には参りません。それも、急いでは目立つ心配もございますから、十日ばかり御猶予下さいませんか？」

「よいとも」

と、栄二郎は悦んで承諾した。

「そのくらいなら、私もどこか宿を取って待っている」

「いえ」

と、亭主は遮るように、宿ならば手狭だし、お世話も出来ぬが、この二階においでになってはどうか、と親切に言ってくれた。旅宿を外に取ってこの店にあまりしげしげと通うのは、やはり近所の注意を惹《ひ》く心配があるからという心遣いであった。

悦んで、栄二郎は亭主の好意に甘えることにした。

ここに泊ることになったので、こまかい相談も出来た。刀剣の方は問題ないとして、着込みをどういうものを択《えら》んで作らせるかが相談の中心となった。栄二郎から、明らか

には出来なかったが、これは実戦に着るもので、真剣で斬られても被害ないように防ぐのが眼目である。普通の撃剣の稽古着ではなかった。

梅田の亭主は、話さなくとも、それを呑《の》み込んでくれて、牛の鞣皮《いためがわ》を鎖《くさり》で亀甲形《きっこうがた》に編み付けたのを見本に造らせて来て、これではどうかと尋ねた。

「これならば、真剣でも、滅多に切れませぬ。お試しになって御覧になりますか？」

栄二郎も、試すまでもなく、これならば、と思った。ただ、これを七十着も作るとなると、下受けの職人に出すのだし、使う目的を怪しまれる心配はある。亭主は、十分にそれも考えていてくれたようである。上方へ御番《ごばん》で向う武士たちの注文によるものとすれば、嫌疑を避けられる。

これまでに親切にしてくれる亭主に栄二郎も自分たちの秘密を打ち明けたいのは山々であったが、万一発覚した場合に累《るい》をこの人にも及ぼすことなので、知らなかったことにしておいた方がいいと思って、一緒に酒を飲むことがあっても口を固く、そのことには触れなかった。亭主も変り者であった。御一新後、武具商売が成り立たなくなってから、この男は兎《うさぎ》を飼って儲《もう》け、その金で神田に白梅亭という寄席《よせ》を立てておさまっていたが、その時分、栄二郎が渋沢栄一となり、大蔵省に出ていたのを時々、訪ねて来て、なつかしそうに昔話をした。

「あのとき、私は、旦那がなにを始めるのか知らなかったが、手前ひとりでは、いい気持で天野屋利兵衛《りへえ》になったつもりでおりましたよ」

いい気持だったのは、渋沢栄一も同じことだった。

調達した武具は厳重に箱詰めにしたり、こもを掛け他の荷物のように見せかけて、舟と駄馬に分けて、郷里に送られた。とどくと、夜中に、栄二郎の家の蔵と新五郎の納屋《なや》に運び入れて隠した。あとは、蜂起《ほうき》の日と決めてある十一月二十三日を待つばかりであった。

八月に千代は女の子を生んだ。前の子を失《な》くして淋《さび》しかった家の中が、急に明るくなったようである。

だが、赤ん坊を抱いて、栄二郎は、嬉《うれ》しいだけではなく、込み入った心のかげりを感じていた。二度目の孫を見て目を細くしている市郎右衛門に対しても、ひそかに切ない思いが湧き立つのを如何《いかん》ともし難い。夜なかに床の中で目を醒《さ》まして考え始めると、睡《ねむ》れなくなることもあった。屋敷内に在る蔵の中に、いざというときに自分たちが持ち出す刀剣や槍《やり》が寝かしてあるのだった。現在のような国家困難の時代に、男として生れて来たのだから私情を捨ててなすべきことが起るのは当然のことなのだ。こう思いながらも寝苦しいのである。秋が来ていて虫の音が枕もとの壁の中から聞え、耳についている。千代が赤子をあやしているのを背中に感じているときもある。

（どういう風に、父上に話そうか？）

栄二郎は、これに心を痛めた。

（自分を勘当してもらえるのだと一番よい。そうなれば万一の場合にも家に累《るい》を及ぼすこともなく自分も身軽く動くことが出来るのだ。なんとしても、このままでは思うとおり働くわけに行かぬ）

梢《こずえ》に柿《かき》のなった庭に、赤ん坊を抱いて、あやしながら秋の光をあびている若い父親に、こんな想念のあることを、市郎右衛門も千代も知らない。七、八万石の小藩にしろ高崎の城に焼討ちをかけ、そこから横浜に出て異人を殺して歩こうなどと怖ろしい企てを抱いている若者とは見えない。死んだ母親から受けた慈《いつく》しみ深い心を持って誰にでも優しいひとと。現に子供をあやしている足もとに、近所の犬が来て、尾を振り、栄二郎の顔を見上げて、自分にも声をかけてくれるのを待って坐《すわ》っているのであった。田舎の村の秋晴れの、しーんとした世界である。

家の裏手、高く枝を伸ばした生垣に沿って降りて行くと、いまは水田に拓《ひら》いてあるが、昔、そのへんが沼だったものの名残りらしく小さい池があって、秋の木立と空の色を映していた。水は苔《こけ》の色を帯びて、青い。栄二郎の前からの雅号の青淵《せいえん》は、子供のころか

ら馴染《なじ》んだこの小さい池から出ているのだったが、その縁に立って、静かな水の佇《たたず》まいを眺めながら、

（どうお話しするか？）

と、溜息《ためいき》とともに呟《つぶや》いていた。

九月十三日は、後《のち》の月見で、このへんの旧家では客をした。打合せておいて、栄二郎は、尾高新五郎と渋沢喜作に来てもらった。今夜こそ、父親に自分の決心を知らせようと覚悟したものである。

月を見てから、酒宴に入り、四方山《よもやま》の話になった。

いよいよ、これから先、どんな世の中になるものかわからなくなった。話の結論はこれであった。実際に暗い期待だけである。それを、じっとして坐って見ていることはないので、農民だからといって、これまでのように他所《よそ》のことだと思って無関心でいられぬことだ。新五郎、喜作など若い者から、こう申し出て、栄二郎がだんだんと言い出した。私も、そう思います。世の中が悪くなるのを防ぐのには、生きている限りの人間が、自分を捨てて、世の中がよい方角に向うように尽すことだけで、そのためには、あるいは家を離れて働かねばならぬようなことが自然起って来るのだと覚悟している。また、それを、自分たち若い者のこれから先の務めだと思っている。熱心に、こう話し出して

いた。

市郎右衛門は、おだやかに、その話を聞いていたが、

「だが、栄二郎」

と、さとすように言い出した。

「どんな時世が来ようと、百姓には百姓の分がある。と、私は思っている。御政道の悪い点を議論するのはよいし、自己の見識を持つのは人として当然のことだが、分限を越えて、しなくともよいことまで百姓が自分でやろうとするようになっては、間違います。どんな時もこれだけは忘れてはなるまい」

栄二郎は、顔を赤くして父親に説き始めた。

「だが、いまの世の中は、そうばかり申してはおられなくなっているのではありませんか？　ただ行き詰ったというだけのものでなく、皆で乗り込んでいる舟が、沈もうとしているわけですから手を拱《こまぬ》いて見ていたら、溺れて死ぬだけのこと。百姓だからといって引き籠っていても災難を免れるわけにまいりませぬ。父上だって、世の中が悪くなって来るのを以前から御心配になっていらしった。困難になったわけについても、たびたび、御意見を承ってまいりましたし、お話を伺って目が明いたように思ったこともございますので……今日の御政道の腐敗をなんとかして有志の力で取り除くようにしてまいれば初めて住みよい世の中になる。その外にもはや、道はないものと考えるようになり

ました。百姓、町人だからといって退いて見物しておりますのでは、世の中と共に終るところも見えておりります。百姓町人と武士との差別も昔はありましたが、今日となりましては、それにいちいち遠慮している場合とは思われません。そこを、よくお考え願いたいのでございます」

月見のことで、いつもより酒が過ぎていたが、市郎右衛門は栄二郎の話を聞いているうちに、聞き逃《のが》せぬものを感じて来たように、形を改めて来た。

「それは、お前、過ぎないか？」

と言い出した。

「農民には農民の本分がある。百姓が家業を忘れ、田畑を捨てるとは、分を越えたことで、よいこととは決して考えられない」

「いや、もはや、是非善悪のことではございませぬ。分限を守るのは当然のことでしょうが、それも場合によりまする。常の場合に処するのと変に処するのとでは、自《おのずか》ら差別があるものだと考えます」

今夜を措《お》いては、父親の許しを得られぬと思ったので、栄二郎も、真剣であった。論語にも、こんな言葉がある。孟子《もうし》にもこう言ってあるとさえ言い出すことになった。夜半過ぎていたが、寝ようとするのさえ忘れて父親を放さない。市郎右衛門が見て栄二郎の日ごろの人柄にはないことであった。江戸にも出過ぎると感じていたことだったが、息子の心に起った烈《はげ》しい変化を認めぬわけに行かなかった。

「それで、お前、どうするつもりなのだえ？」

と不安らしい面持で、真面目に尋ねた。

「勝手な申し分で……この上もない不孝な次第ですが、私をないものとお考え下さって、外に出て思うとおりに働くことが出来ますよう、お許し願えますまいか？」

「そんなことまで考えていたのか？」

市郎右衛門は、落胆したような声を揚げた。そのまま、首を垂れて、考え込んでしまったのを、栄二郎も切なく見まもっているだけであった。庭が暗くなっていたのは、月がいつのまにか傾いていたからである。

「夜があけて来るじゃないか？」

と、父親は言い出した。

「もう私はなにも言わぬ。そうまでお前が言うのでは、制《と》めても留まるものでなかろう。この先どんな時世になっても私は麦を作って百姓で世を送る。たとえ御政道が悪かろうと役人が無法を言って来ようと、目をつぶって、それに従うつもりだ。お前には、それが出来ぬと言う。それも、ようわかった。勝手にしたらよい。なにをするつもりか知らぬが、それは百姓の私の知ったことでないから、二度と相談などしてもらおうとも思わぬ」

そう言い放ってから、いったん、深く黙り込んだが、
「まあ、親子が、好むところに従ってやるのが、いっそ潔《いさぎよ》いというのか？　わかりました。もうなにも言うまい。ただな、なにをしようが、道理を踏み違えず、正しいと見られる人間になってくれるように、親の私からの願いは、それだけだな」
栄二郎が涙ぐんでいたのは無論のことだった。

事を挙げるときが、いよいよ近くなって来ていた。栄二郎は、同志と連絡するために、また江戸に出て、その機会に平岡円四郎を訪ねて見た。

前の訪問で平岡が攘夷《じょうい》に反対なのはわかっていたから、自分たちの計画のことは隠している。が、栄二郎が平岡に近づこうとしたのには目的があった。これは、苗字帯刀《みょうじたいとう》は許されていても近ごろ栄二郎が武士と同様に両刀を腰にして江戸に出ることがあるのが土地の役人に知れて、睨《にら》まれているという注意があったせいである。万一これが問題になった場合に、平岡を介してなんの名目でもよいから一橋家に仕えているものだと言い立てることが出来ると、嫌疑を受けた場合にも難を免れ得る。殊に多数の武器を隠して持っていることで、発覚したときの用心に、この方法を採っておきたかったのである。

根岸の家の庭が荒れているのは前のとおりだったが、主人の無造作なのも同様であった。

「お上《かみ》（慶喜）が京へおのぼりめされるので拙者もお供することになった」

と、平岡は萩《はぎ》の花の咲きみだれている庭に向いながら、こう言い出した。

「いろいろめんどうな思いをさせられることだろうよ。いまから覚悟している」

「いつごろお立ちになります？」

「いや」

と笑って、

「明日、出かけるのだよ」

そんな風には見えなかった。手ぶらで、萩の庭に向い合っている悠々《ゆうゆう》としたひとなのである。

栄二郎は、

「それはおいそがしいことで」

と受けたまま、自分が申し出ようとして準備して来たことも、具合悪いときにぶつかったと見た。話しても無駄だと気がついたのである。

するとと平岡が急に言い出した。

「どうだ、君も、うろうろしていないで京へ出て見ぬか？　もう一人の渋沢君（喜作）も誘って、そうしたらよい」

「どう仰有《おつしや》るのでしょう？」

「騒動の本場を見物するのも面白かろうではないか?」

無論、十一月二十三日を前にしていて、これは出来ない相談であった。

「考えさせて頂きたいと存じますが」

「後からでもよい。来るとよい」

と、平岡は淡々と言った。

「来るようなら、私の家来分として来ると都合よかろう。私の留守中でも、屋敷へ来ればわかるようにしておくから」

栄二郎が求めて来たところとは違っていたが、好意は厚く礼を言うべきものだった。

平岡が行く京都には、従兄の尾高長七郎が行っている。坂下門事件の後で、身辺が危険だったので栄二郎たちが勧めて逃がしてやったのだが、一度帰って来て、また出かけて行ったのである。

栄二郎が、こんどの計画に長七郎を加えたいと思い、手紙をやって、すぐに帰って来るように催促したところであった。剣に秀《ひい》でている長七郎を味方に欲しかったのである。

考えて見ると、安藤対馬守の暗殺計画に長七郎が加わろうとするのを制めたのは、新五郎や栄二郎だったが、こんどはふたりの方から長七郎を誘っているのだった。

長七郎は、この春にひそかに帰って来たときに坂下門の要撃に加わって斬死《きりじに》した河野顕三の遺族を下野《しもつけ》の田舎に訪ねたとかで、

「年取った母堂がひとり残っていた。気の毒だった」

と、栄二郎に話した。

「河野さんが自作の詩を書き留めておいたのがあったから貰《もら》って来た。板《いた》（版《はん》）に出来ると、皆に見てもらって故人の志もわかってもらえるのだが、難しいだろうな」

大胆に栄二郎はその出版を引受けた。幕府から見れば大罪人の書いたものを本にすることで危険な仕事だったが、この「春雲楼遺稿」の刊本には栄二郎が序文を書き、長七郎が後書きを作った。

そのころからすでに栄二郎が長七郎よりも前に出ようとしていたとも言い得る。

「長七兄さんが帰って来て味方になってくれれば、立派に一方の大将だ」

栄二郎は、こう言った。

「実際の仕事では、先輩なのだし、とにかく純粋で、事に当ったら火の玉のようになるひとだ。剣道の腕だって同志の者の中で、あれだけ立つひとはない」

冬に入っていた。大気が澄み、遠方の山の稜線《りようせん》が昼間でも鮮やかに地平に見えるような日が続いた。それに、冬の名物の風が出て来ていた。この風を利用して、高崎の城を焼き払おうと申し合せてあったのだから、夜中《やちゆう》吹きすさむ音を聞いても、例年の冬とは別の心持で迎えられた。決行の日は、十一月二十三日に予定してあるのである。

「どうしたんだろう？　長七郎さんは」

十月も二十日を過ぎて、まだ長七郎が帰って来ないのが心待ちに待たれた。来ないわけがないと思うし、また、長七郎を味方に得れば、百人力、千人力だと考えられるからである。その間にも日は経《た》って行った。

十一月に、あと数日となって、長七郎が帰って来たと知らせがあったとき、栄二郎は、飛び上りたいように感じた。

「そうか、戻られたか？」

十月二十九日の夜に、長七郎を迎えて、新五郎の家の二階で相談することにした。栄二郎の他に、渋沢喜作、中村三平が出席して、これまでの成行きを話し、計画の内容を明らかにした。その夜も、風が強く、屋外は凄《すさま》じい物音に充たされていた。窓の下が、すぐに村の道路になっている二階だったが、風があるから話し声が外に漏れる心配もない。心待ちに待っていた長七郎が戻ってくれたことで、栄二郎などは後は事を挙げるだけのことだと思い、そわそわしないようにするのに気を遣うくらいであった。

長七郎はもともと武芸で鍛えて大兵《だいひょう》な体格だったのが、道中の日に焼けてたくましく見えた。尊王攘夷は、彼の熱心な持論だったし、そのために、坂下門の要撃にも加わろうとした男である。無論こんどの話を心から悦《よろこ》んでくれるものと期待したから、四人とも彼が帰るのを待っていたのである。是非とも焼討ちを指導する地位に立ってもらいたいのである。

長七郎は、黙々として、一同の話を聴いていた。目の配り方が烈しい。自分が離れている間に、郷里で、兄の新五郎や従兄弟たちがこうまで急進化していたとは、彼にも意外だったのに違いないのである。

(だが、悦んでくれるはずだ)

栄二郎は、久し振りに見る従兄の顔を満足して眺めていた。

「どうだろう？　長七郎、お前の意見は？」

ちょうど、新五郎が、こう言い出したところである。

「お前から見て、ここは、こうしたらよくはないかという点があったら、遠慮なく指摘してもらいたい。我々で、十分、研究したつもりなのだが、やはり行きとどかぬところもあろうから」

長七郎は、組んでいた腕を解いて、

「兄さん」

と、初めて口を開いた。

「全部、いけません。これは、おやめになって下さいまし」

四人は、あっと思って、長七郎の顔を注視した。長七郎は、鬢《びん》に手をやって、髪をむしろうとでもするような所作《しょさ》を見せ、顔つきも苦しげなものに変って来た。

「無駄です」

「無駄？」

と、栄二郎が思わず色を作《な》した。

「そうだ。出来ることではありません。これは、やめて下さい」

長七郎は、譲る気色《けしき》なく、こう言い出した。

「乱暴千万なことです。七十人や百人の烏合《うごう》の勢《せい》で、なにが出来るものでも
ア高崎の城ぐらいでしたら、落せるかもしれないが……それだって望むとお
どうか、です」

栄二郎などは、唖然《あぜん》として長七郎の顔を見つめているだけであった。昔から熱
思い込んだことには脇目《わきめ》もふらず突っ込む性質だと信じられて来たひとが、この計画に
乱暴だと頭から反対して掛《かか》ったのである。

「どうしてだろうね」

と、新五郎が落着いた声で問い返した。

「私などは、お前が悦んで味方してくれるものと信じていた」

「いえ、兄さん」

長七郎は、たくましい表情を向けて、答えた。

「これア失敗するのは、わかっている」

「どうして？」

「幕府だって黙って見ておりませんよ。諸藩の兵もすぐに動きます。その場合六十人や七十人の人数でなにが出来ましょう？　まったく、百姓一揆《ひやくしよういつき》と同じことで、最初はいいかもしれないが、すぐに潰されてしまいます」

「…………」

「第一、横浜へ押し出すといって、あすこには外国人の軍隊がいて、優秀な武器で装備されているし、訓練だって積んである。そこへ手槍や日本刀で突っ込んで行くなんて、これは殺されに行くようなものなんだ」

「いや、命なんて問題でない」

と、栄二郎は、腹を立てて、叫び出した。

「そんなことを考えていたら、なにも出来ませんよ。異人の軍隊がいたところで、一…を打つことだって出来る」

「まあ、待て」

と、長七郎は、かぶせるような強い声を出した。

「すこし、皆が、幕府の力を甘く見ているのだ。それが危険なのだ。私…行って、いろいろのことを見て来たし、以前に自分が考えていたのが、ひどい…ったと気がついたことが多い。幕府は弱くなっているには違いなかろうが、二…年間、根を据えて来た勢力というのは、いざとなるとただのことでないとわかる。とにかく、動かす人数が多い。それに、まだ、どこの藩だって幕府の命令が下れば直《す》ぐに動くのだから、軽く見て掛ったら、惨《みじ》めに、やられるだけだ。十津川《とつがわ》の事件がそうでしょう。藤本だって松本だって思慮も才覚もある優れた人たちなのだが、人を集めて出来たことといえば、わずかに五条の代官ぐらいを破っただけで、すぐに植村藩の兵力に抑えつけられて散々になってしまった。代官所の人数なんて知れたものだ。それに焼討ちをかけて代官を斬ったところで、手柄でもなんでもない。しかも、そのあとは、簡単に叩《たた》きつけられて捕えられたり山へ逃げ込んだりする」

「………」

「これでは昔からある百姓一揆と、どこが違うんです？」

自分の議論に興奮して来て、長七郎は顔に朱をそそいで来ていた。

「まったく組織の強さですよ。烏合の衆では向って行っても、かなうはずがない。しかも天誅組《てんちゆうぐみ》の人数は百人あまりいて、大部分が士分の者だった。それに中山侍従《じじゆう》という方を盟主に戴《いただ》いていたんだから、形は、ただの一揆ではない。それでいて、結末は惨憺《さんたん》たるもの。田舎の小さい藩の力で抑えつけられて、藤本も松本も討死《うちじに》してしまった。それをよく皆に考えてもらいたいのだ。地方の人間の、ひとりよがりの仕事では、いくら精神が正しくとも、結局、一揆ですよ。成功した例は、いつの時代にもない」

「…………」

「皆で出て行って、やって、十津川浪士だけのことでも出来るかどうか、ですね。そこまで皆の力で行くだろうか？　乱暴な話だ、やめて下さいと言うのは、この意味です。まあ、止めて下さい。無駄なことのために、六十人も七十人もの人間が命をなくすなんて……これは、いかんのだ」

「兄さん」

と、栄二郎は膝を進めた。顔色まで変っていた。自分がこの一年来寝食を忘れるくらいに熱中して奔走して来たことを、こんな風に簡単に片づけられて、おさまるものではなかった。

「お話は、よくわかりました。それでは、いつまでもなにもしないで国の亡びるのを見ていろと仰有るのですか？　ほっとけば悪くなって来るばかりの世の中を、人間の力では、どうにも出来ぬものだと言うのでしょうか？」

「栄二君、それア……」

「いや、言わせて下さい。この行き詰って来るばかりの世の中を目の前に見ていて、自分は非力だからなにも出来ない、と人間が皆で思い込むようでしたら、世の中も国も、よくなる時期は決して来ません。もっと前に戻って、そもそも人間はなんのためにこの世に生を受けたかと考えてもいい。少しでも、世のため、人のためになり得るのだと気がついたら、おのれを捨ててその道を進んでよい、いや、そうすべきものだと心得ます。なるほど、十津川のお話を伺うと、ごもっともだと思います。我々の力は確かに、たかの知れたもの、百姓一揆にひとしいものかもしれませんが、それにしても力が増すのを待っていたら、これは、いつのことになるのか？　その前に、私どもが乗っている舟が沈んでしまうものとしたら」

「………」

「死んで宜《よろ》しいのです。失敗も覚悟の上のこと。ただ我々が陳勝呉広《ちんしょうごこう》としてやったことを見て、天下の者が四方から奮起して後に続いてくれれば、本望なのです」

説きながら栄二郎は、ついに落涙していた。

「それでなければ、私たちも、こんなことを思い立ちはしない。命を惜しいとは存じません」

風が屋上を吹き抜けて行く凄《すご》い音がしていた。涙を抑えかねている栄二郎を長七郎は淋しそうに見つめていた。栄二郎の燃え立つような至誠の情には強く心を動かされていたのである。

「兄さん、いけませんか？　一緒に、やってくれませんか？」

栄二郎は、こう繰返した。

「拝みます。ほんとうに拝みます」

「だが、栄二君、みすみす、これだけの人数の者が死んだり縛り首になると知れているものを、やはり、乱暴なことだと言うより他はない」

「いや、ここまで持って来たのだから、なにもしないでいても早晩、上《かみ》に怪しまれて、どうなるものか知れたことでない。死ぬと定めた以上、成敗は天にまかせておいて、議論などもう無用です」

「では、あくまで決行する？」

「そうですとも。やりますとも」

強い返事であった。栄二郎ばかりでなく喜作も頷《うなず》いて見せた。

「留める」

長七郎は、鋭く目を光らして同じように強い語気で、こう言い放った。

「留めるね、私は。腕ずくでも留めるね」

栄二郎も色を作した。

「腕ずくでもとは？」

「刀に掛けても、そんな無用なことはさせぬぞ」

「なに、私を斬っても留めると……？」

「そうだ」

長七郎は声を励ました。

「兄さんたちが大切だからだ。こんなことで多勢の役に立つ人を死なせたくないから、そのくらいなら……刀に掛けても長七郎が留める」

「面白い！」

と、栄二郎が叫んだ。

「兄さんがそのつもりなら、私たちも、あんたを斬っても申合せどおり決行して見せる」

「なに、私を斬る？」

長七郎は烈しく睨み返していたが、急に、その両眼に涙が溢《あふ》れ出て、頰《ほお》をつたわって光って滴《したた》り落ちた。

「やって見ろ、栄二郎」

「うん、やる！　やるとも」

「栄二君」

新五郎が、ふたりを叱咤《しった》した。

「待て。もう少し、おだやかに話すことにしよう」

その声が終る前に、長七郎が身をふるわせ声を揚げて泣きむせんだので、他の者はあっけに取られた。

「善い人たちなのだ、善い人たちなのだ」

長七郎は、こう叫びながら膝をかきむしるようにして泣くのであった。

長七郎は、泣きむせびながら、言うのだった。

「こんな人たちがいながら、我々の力ではまだなにも出来んのだ。こんな無念なことがあるか！」

揺れ動く肩に直情で、誠実な心持が現れていた。

なんと言って、なだめようもなく他の者はこれを見まもり、自分たちも涙を催して来ていた。好い人とは、寧《むし》ろ長七郎のことであった。そのひとが刺し違えて死んでも、これだけは制《と》めると言い立てる。そのことにようやく心の反省も働いて来た。

年長者の新五郎が、話を別の方角に誘うようにして、

「上方の模様でも聞かせてもらおうか？」

と、言い出した。

「こんな田舎にいては、なかなかわからないのだから」

気を取り直した長七郎は、

「全部、逆転しましたよ」

と答えて、一同を驚かせた。

「猫の目のように、いそがしく変るんです。それも、思ったように良い方にばかり変るのでなく、いまはその反対だ。長州藩《ちょうしゅうはん》もやがて京都から手をひくだろうと思いますね。

前に私が行ったときとこんど出かけて見たところとでは、まったく事態がひっくり返っていた。前のときには、御親征のみことのりが出て、長州勢が関東へ繰り出しそうな噂でしたし、勢いだって大したものだったのが、こんど風向きが逆になって、長州の方が京都を引き払って国もとへ帰ろうとしているんだからなあ」

長七郎は、失望したような語気を漏らしたが、栄二郎たちも、この話を聞いて、ひそかに目を見合せた。

自分たちに他所《よそ》ながら味方してくれている桃井儀八は、こちらで事を起せば、長州藩が呼応して出兵してくれると、熱心に主張して励ましてくれていたからである。その話と長七郎の話とでは、まるで違うのだ。

「そんなことになっているのか?」

「少しでも目が離されませんよ。浪《なみ》に高低があるようなものでしょうが、昨日と今日では、がらりと様子が変っていることが珍しくない。強硬派の公卿《くげ》方は、都にいては危いとなって、ひそかに都を落ちて、長州へ向われたくらいですから……厭《いや》な世の中になったものだ。暗いですね。行く先のことは私にもわからぬ」

長七郎は、なげくように、こう言ってから、

「栄二君、成一郎君（喜作のこと）も」

と、ふたりの顔を真剣な様子で見まもった。

「ここで奮発して、上方へのぼったら、どうだろう？　天下の様子もよくわかるし、当分、こちらにいない方がいいのじゃないか？」

同じことを以前に栄二郎から長七郎にすすめて無理やりに送り出したのである。いつのまにか位置が変って、長七郎の方から、それを勧めるのだ。

「やはり、煩《うる》さいだろうし、危険だろう」

# 危機

次の年の春を、栄二郎は京都で平和に迎えた。亡命同然の旅だったが、渋沢喜作が同行していたし、やがて尾高長七郎も後から来る約束になっていた。

京に出て、なにをするかは別に計画があったわけでない。逃れるようにして郷里を出てから、一度江戸に出て、平岡円四郎の屋敷を訪ねた。一橋家に仕えている平岡の家来と名乗って旅行するのだとめんどうなことが起らないし、前に訪ねたときに平岡から京都に来いと好意のある話もあったからである。

平岡は上洛《じょうらく》した後だったが、留守をまもっていた妻女が出て会ってくれて、

「主人が出がけに、そのように申しておりました」

と言って、家来と名乗る点も承知してくれた。

心細く思っていた場合だけに、なんでこう目を掛けてくれるのかは知らず、平岡の親切は有難く思われた。不案内の京に出ても、平岡が先に行っているのだと思うと、心強かった。

「考えれば、平岡さんも一風変ったひとだね」

と、栄二郎は、喜作にも話した。

「私たちをなんだと思って、京都へ遊びに来いと言ったのか知らないが、まったく二度か三度訪ねて、勝手な書生論をして帰ったものを、なんでこんなに親切にしてくれるのだろう？」

「そうだ」

と喜作も笑った。

「どこかに見どころがあるどころか、肚《はら》の中でとんでもないことを企ててた人間だからな」

が、結論は平岡が物にとらわれない人物だということであった。直参の家の生れで、徳川氏の直系の一族の家に仕えている人としては、破格な性質が目立っていた。攘夷《じょうい》など、出来るものでないと頭から言ったり、代々を武士で育った者の働きに、あまり将来の期待を持ってないように放言したことなど、急に思い合された。

「会っておいてよかった」

喜作が、こう言ったのに、栄二郎も心から同感であった。まったく、かりそめの縁が自分たちを平岡に結びつけたもので、お蔭《かげ》で、浪人者として道中を続けているのだと、どこでも嫌疑の目を向けられて煩わしいところを、ふたりは一橋家家来と名乗って、不安がないばかりか相当威張って旅を続けたのであった。

　京に着いて宿を取ると、無論、最初に平岡に挨拶に行くことにした。主人の徳川慶喜が本願寺を旅館としていたので平岡も、寺内にいた。ふたりを見て、

「あ、来たか？」

　と笑顔で迎えてくれたが、別に世話をしてくれようとする様子もなかった。

「お留守宅に伺って、御家来と名乗って通るよう、御内室までお断りして出てまいりました」

「ああ、そうか？」

　平岡は、この調子であった。

　栄二郎らは、また野放しの状態を本懐と思っていた。

「なにをするね？」

　と、問われて、

「まず、見物を致します」

　平岡は、それを、いいとも悪いとも言わない。主人の供をして京都に出て、非常に多忙でいるらしかった。ふたりの方でも、それをよいことに勝手に泳ぐことにした。京都は初めて見る土地だった。底冷えする寒さも、若いだけに故障にはならない。御所からはじめて市中を歩くと、急に伊勢参宮を思い立って、帰りには奈良、大坂を歩いて来た。

ふたりが郷里を離れる名目が、お伊勢まいりということになっていたのだが、伊勢参宮は、当時、志士たちの間に流行していた。栄二郎もこれで志士としての一つの資格を果たしたように思った。高崎城を焼き横浜へ異人を征伐に行くと、物に憑《つ》かれたように思い立った熱情は、決して、まだ消えていなかった。長七郎に説かれて已《や》むなく実行を断念したものの、熱のはけ口を見つけようとしているのだ。京都に戻って来ると、諸国から出て来ている有志の者と、交際の輪を拡げて行った。仕事らしいものはなにもない、ただ毎日、誰かと会って話しているうちに、一日が終るのである。当時の京都には、実際に、この種類の人間が多勢集まっていた。用もなく故郷を飛び出して来た者が大部分だったから、ひどく貧乏している者も珍しくない。この人たちに比べると、栄二郎は経済的には気楽であった。というのも、家を出るときに例の計画で家の金を費《つか》い込んでしまったことを詫《わ》びに出ると、父親がなにも言わずに別に百両の金を出して、

「これを持っておいで」

と、無造作に渡してくれたからであった。

そんな、世間にはあることでない父親の深い理解を思い起すと、栄二郎は、いつでも目を熱くした。

月見の晩に言い争って以来、親子は一緒に暮していても、なにをしているのか打ち明けるわけにも行かなかったのだが、市郎右衛門の方では、ひそかに察して心を痛めてい

たものに違いない。まして、急に栄二郎が京都に行くと言い出したのを聴くと、容易ならぬ事情が動機にあると気がついたことに違いないのである。父親は終始、その点に触れて出なかったが、妻の千代が、

「なにかお隠しになっておいでてでしょう。家内の私だけにはお聞かせおき下さいまし。このままでお送り申すことは出来ませぬ」

と、涙を流して栄二郎に訴えたことから見ても、終始、口を噤《つぐ》んでいた父親にも、事情はおよそわかっていたと見るべきであった。

だが、百両という当時にしては大金も、勝手に旅行をしたり、宿屋住いで、遊んでぶらぶらしているのでは、ようやく乏しくなって来た。

若いというのは強いもので、考えれば苦労になるが、平常は別に気にもしないで、相変らず気楽に暮していた。宿は、三条小橋の側《そば》の茶久であった。町の中央だし、なにをするのにも便利で見物に出たり人を訪ねて話していると簡単に一日が経《た》ってしまう。どうにかしなければならぬ、という考えは別になかった。国事を論じて暮しているが、都とはさすがに他国にない好いところで、なにもしないでぼんやり暮していても、一日が充ち足りている気持でいられる。美しい自然も、人情も、それなのである。もともと、ふたりがここに来た建前が、確かな目的なしに、遊学といったように漫然としたものである。

奈良のお水取りが過ぎてから、寒さもゆるみ、日の色もまったく春めいて来ていた。外の人出も多くなり、賀茂川の岸辺の枯柳が、目に柔かく煙るような風情《ふぜい》を見せている。山紫水明と言うが、山の影は確かに紫の色をふくんでいて、ふたりの郷里の冬の風の中に眺める山々の鋭さとは異なっている。一日一日と暖かく明るくなる日和が続いていた。その間の或《あ》る一日のことである。飛脚宿から手紙がとどけられた。

郷里に残った尾高新五郎が寄越《よこ》したものだったが、開いて見てから、栄二郎も喜作もぎょっとした。

文意は簡単であったが、従兄の尾高長七郎が江戸に出る途中で、人を害《あや》めて、八州取締りの手で捕えられ、江戸の牢屋《ろうや》に入れられた。その折に栄二郎が京都から天下の形勢を論じて送った手紙を長七郎が懐中にしていたので、栄二郎と喜作の所在を追及に役人が郷里の家に来た。従って、そちらにも早晩、手がまわると思われるから、早く方法を考えてもらいたい、というのである。

「長七郎さんが！」

ふたりを、こちらへ逃がすようにしてくれた従兄なのである。剣客ではあったが、近ごろはすることに慎重な様子が見えて来ていたひとが、なんで、人を斬ったのだろう？

「ひょっとすると役人を斬ったのかな？」

喜作が、こう口走った。

「長七郎さんなら、坂下門の件があるから付け狙われていたとも考えられる」

栄二郎も顔色を変えていた。とにかく不意のことなのである。逮捕されたとき、長七郎が自分の手紙を懐中していたとは災難だが、それよりも栄二郎は、あの闊達《かったつ》な性格の従兄が心から好きなのであった。

「牢へ入れられて、後はどうなるんだろう？」

考えれば考えるだけ暗いことであった。

「それア罪状にもよる。斬った相手が誰か？　だ。役人だとしたら、これは、拙《まず》いなあ」

喜作も、顔色を曇らせた。

「それにしても、私たちは、どうしたものだろう？」

栄二郎は、まだ、それを考えていなかった。その危険は、まだそれほど実感を伴って考えられない。それよりも尾高長七郎のような好い人間が、あるいは死刑にでもなるのかと思うと、そのことがくやしくて耐《たま》らない。新五郎の家で長七郎が自分たちの無謀をとめ、ついには声をあげて男泣きに泣いたことを思うと、急に胸が迫って来るのであった。

「長七兄さんが人を斬るなんてよくよくのことなのだ」

と、溜息《ためいき》して言い出した。

「なんとかして助けてあげる方法はないのかしら？」

「………」

「喜作さん、私たちも、京を引き払って帰ろうか？」

「まあ、もう少し待って、様子を見よう。あとから、もっと、くわしくなにか言って来るかもしれぬ。とにかく、とんでもないことになったものだ。なんといっても不意だからなあ。どうしてよいか、わからぬよ」

旅宿の狭い部屋に、向い合っているのは息苦しくなって、ふたりは外に出て、磧《かわら》に降りた。日は暖かく、磧の草むらには人が出ていたし、三条大橋の上にも切れ目ないほど人が歩いているのが見受けられた。男が流れの中に降りて、網で小魚を掬《すく》っているのも、水が暖かくなっているせいだろう。

栄二郎も喜作も、あたりの暢《のど》かな空気とは別の心持であった。栄二郎は、平岡円四郎に頼んで、なんとかして、長七郎を助けて貰《もら》えないものか、と不可能に近いことまで考え始めていた。

その平岡のところにも、このごろは足が遠かった。平岡は一橋家の用人として多忙だし、自分たちはまた、あまりに、なにをするのでもなく日を暮して来たのであった。

宿へ帰って見ると、思いがけなく、平岡から使いが来ていた。急用があるから、すぐに来い、と伝言である。

「喜作さん」

と栄二郎が言い出した。

「まさか、我々のことが、もう平岡さんの耳に入ったのじゃなかろうね」

喜作は無造作であった。そんなはずはないと言うのである。

平岡は、暮れて薄暗くなった室内に、ひとりで坐って、なにか書類を読んでいたが、ふたりが入って行って挨拶すると、無言で会釈《えしやく》を返してから、不意に頭から質問した。

「君たちは、いったい、なにをして来たのだね？」

栄二郎も喜作も返事に窮して、無言でいた。平岡は、例のように落着きはらっていて、顔色もいつものままだが、言葉は鋭い切れ味があるように響いた。

「なにか不穏なことをやって来たのではないか？」

と、言った。

「幕府から当家に掛合《かけあ》いが来た。私がなにも知らぬというのでは済まされぬ。包まず、ありのままを聴こうではないか」

これまで平岡から受けた待遇を思うと、さすがに、ふたりとも隠すわけには行かなかった。

「実は、私どものところにも、朋友《ほうゆう》の中でなにか咎《とが》めを受けて牢に入れられた者があると知らせを受けました」

「それは、どういう掛り合いの男だ？」

と、平岡は尋ねた。

「私の家内の兄で、前々から、やはり国事を憂えておりました。尾高長七郎と申します」

「それだけではなかろう」

と、平岡は言った。

「もっと何かあるだろう」

「その者に、手前から手紙をやりまして、公儀が因循姑息《いんじゅんこそく》でいかぬと書いてやりましたが、それを怪《け》しからぬと見たのではございますまいか？」

平岡は、無言でいたが頷《うなず》いて見せた。

「あるいは、そんなことかもしれぬ」

と、言って、

「だが、近ごろの慷慨家《こうがいか》は、議論だけでなくずいぶん、乱暴なこともする。君たちは、なにかそれに近いことをして来なかったか？　したらしたではっきりと言ってくれ。知らなかったでは私の立場は済まされぬ。よく聴いておかぬと、後で困る」

ふたりは、また返事に苦しんだが、栄二郎は平岡の親切に対して、いつまでも包み隠しているのは誠実な人間のすることでないと思い始めて、俯向《うつむ》いていた顔を起した。

「前にお話しすべきでしたが、万一、御迷惑をかけては相済まぬと考えて、今日までなにも申し上げませんでした。実は、国もとにおりましたときに、同志の者と相談して、横浜の外人を追っ払おうと、いろいろと手段を考えました」

平岡は、頷いて見せただけで、栄二郎を強く見まもったまま話を待っていた。

攘夷はこの平岡が軽蔑していることであった。栄二郎がまた、自分たちが血の道をあげて、まっしぐらに実行しようとした計略を、ここで正直に話そうとすると、いかにも目先の見えぬ愚かなことだった点が急にはっきりとわかって来て、知らずに頰が赤くなって来るのだった。ただ自分たちは私心なく真剣に国家のためと思って、命を投げ出して決行しようとしたことだけは事実である。

栄二郎はいっさいを正直に打ち明けた。聞いているうちに、ゆるやかな微笑が平岡の頰に動いた。軽挙を蔑《さげす》んだのかと思うと、それらしくもない。栄二郎を見まもっている目に穏やかな潤《うるお》いがあった。

「それで？」

と、にこりとして、

「中止したのだね」

「その、やめろと申してくれた者が、このたび、なにかのお咎めを受けて投獄せられた、と申すのです」

「うむ」

平岡は、長七郎のことを問題にしているのではなかった。

「やめてよかったよ」

と、また、心からのように独りで笑って、

「幕府では、君たちを逮捕しようとして人をこちらまで寄越したのだ」

栄二郎も喜作も、初めて聞いて、あっと思ったことを平岡は実に無造作に話した。

「それが、君たちが平岡の家来と名乗って上京したとわかって、御親藩の手前、断りなく手を下しては、と思って、本当に家来かどうかを、一橋家に問い合せて来たのだ」

そう言ってから、

「無論、平岡の家来でない、と承知しているのだ」

ふたりはこの言葉を聞いて投げ出されたように感じた。逮捕は免れ得ぬものに見えた。これ以上、平岡に親切を期待出来ないと覚悟するのが当然なのである。

顔色も変っていたと思う。

平岡は、銀の伸煙管《のべぎせる》を出して、火皿を充たしてから、煙草盆《たばこぼん》の火をつけ、ゆっくりと一服した。

「家来でないものを、家来だとは私からも白々《しらじら》しく返答は出来ぬ」

と言った。

「だが、そうでないと言えば、君たちが捕縛されるのはわかり切っているのだから、私も難儀さ、だが、君たちのように一足飛びになにかやろうとする過激な考え方では、何事も成就《じょうじゅ》するものでない。このへんで、考え直して一橋家に奉公するつもりになれば君たちのためにもよかろうと思うが、どうだ？　徳川方では厭《いや》かね？」

驚いた口上であった。それも平岡は、ふたりを反幕府側の者と正《まさ》しく認めているのだ。

「書生でいたんでは、まだ、なにも出来ぬよ。まず、そんな出来もしない焼討ちぐらいを思い立って、気をよくするぐらいのところだ」

「これは」

と、喜作が急に言い出した。

「御親切は身に沁《し》みてわかりましたが、ここで即座に御返事は致しかねます」

喜作は激していた。尊王攘夷が自分たちが志している仕事なのにその反対で敵とも言える立場にある徳川方に仕えるなどとは、夢にも考えなかったことだからである。

栄二郎は、その様子に気がつくと、平岡に挨拶し、喜作を促して外に出て来た。道幅の狭い町筋はもう、すっかり夜になっていた。

「栄二郎。君はどう思う？」

と、喜作は、苛立《いらだ》った調子で話しかけて来た。

「なるほど、我々は、平岡さんを頼らなければ、逮捕せられるのだ。だが、それだからといって、腰を折って徳川方に付くわけに行くものかどうかだ?」

栄二郎も、最初から、その点を悩んでいたのである。異人館に斬り込もうと企てたのでも、因循な幕府を窮地に追い込んで政策を一変させようとするのが目的であった。その自分たちがここで一橋家に仕えるとすれば、現在も正しかったと信じている理想を裏切ることになるのだ。

「まだ、どこかへ逃げられるだろう」

喜作はこう言い出した。

「長州か、どこか? 頼って行って匿《かくま》ってくれるところがあるだろう?」

栄二郎は、そこまで楽観出来なかった。殊に長州藩は現在逆境にあるし、藩の内部でも保守派が勢力を盛り返して来たところだから、格別の知人もなく逃げ込んだところで、無事で済むかどうか疑問であった。

「路金もないですよ」

と、栄二郎は言い出した。自分も心細く思っている事実であった。

喜作はこれまでも栄二郎が持って来た金に頼って来たことなのでこの返事を聞くと、素直に萎《しお》れ返った。

「なんとかならんかなあ。平岡さんが用立ててくれるといいのだが……話しても無益だろうか?」

「そうまで図々《ずうずう》しく、虫の好いことは持ち出せない。いったい、なんのゆかりもないひとに、背負《おぶさ》り過ぎたのだ」

だが、平岡の意見を思い返して見て、栄二郎は改めて目を瞠《みは》りたいような思いがした。親切の底が知れなかった。無造作でやってくれるものだと思っていたのが、反対派の書生だと承知していて、幕府方の要求を斥《しりぞ》けて助かるようにしてくれようとしているのだ。

「いや、やはり……そんな不面目なことは出来ぬ」

喜作は、頑固に、こう繰返した。

「節を枉《ま》げるくらいなら、牢屋へでもどこへでも行こう。他の同志の面々が、どんな苦難の道に就《つ》いたか考えたら、そんなことは出来ぬ」

宿へ帰ると酒を出させて行燈《あんどん》を間に飲んだ。幕府側の問合せに対して平岡の返事一つで、ふたりの運命は決まるのだが、その平岡に両名とも従う意志がないとしたら既にこれは時間の問題であった。

上方に来て、酒だけは、どこへ行ってもうまいと気がついたのだが、さすがにこの晩は味がなかった。栄二郎は、両親のことを思った。妻や子供のことも浮んで来た。

旧家の円満な家風の中に育っただけに、優しい気質だし、激している間に時が経つと考え方も着実な調子を取り戻して来る方である。

平岡のようなひとに迷惑を掛けていることだと、さっきから彼は考え始めていた。つまり、書生の無責任な流儀なのは、目の前に喜作の言動を見ていて、気がついた。自分のことだけ考えていて、他人の立場を見ないのである。それに比べると、平岡の思想は遥《はる》か上に出ていた。受けた迷惑を迷惑としないで両名を助けてやろうとしているのだ。それも、書生でいる分には現在の世の中ではなにも出来るものでないのだから、低いなりに地位を得たら、と親切に暗示してくれている。

破滅と知って意地を貫《つらぬ》こうとする喜作のは、未熟の若さというのではなかろうか？その性質は明らかに栄二郎にもあった。

「喜作さん、これは、こうではなかろうか？」

と、急に覚悟をきめて、話し出した。

「なにも私たちは、これまでの志を捨てなくともよい。平岡さんがすすめて下さったように一橋家に仕えるとしても、尊王攘夷の意見を立て貫くことが出来たら、構わないのじゃないか？」

やや粗暴な調子で喜作は冷笑した。

「そんなことは許されんさ。徳川方は徳川方で……」

「いや、しかし……平岡さんはそこをわかってくれるひとだと思う」

栄二郎は、熱心を面に現していた。

「今日までの、あの仁《じん》の態度を見ても、それはわかる。攘夷は百姓の議論で反対だと申されたが、我々がコチコチの攘夷論だと承知していて、こちらの勝手な言い分を大まかに許してくれた。今日だって横浜へ斬り込むつもりだったと話してもおだやかに笑って聞くだけで……とかくの議論もせぬ。あれア、よほど偉《えら》いひとだ。それでなければ、見捨てても当然の我々を、親切に助けてくれようなどとは考えまい」

「………」

「平岡さんには、しなくともよいよけいなことだし、迷惑の話なんだ。それを、このまま一橋家に抱えて……出来るかどうか働いて見ろって。攘夷論のままで宜《よろ》しいかと、こちらから伺ってみたら、どうだろう？」

栄二郎は、ようやく喜作を説得出来た。たとえ一橋家に奉公しても自分たちの理想を捨てるようなことをしない。こう主張するのだった。平岡も、それを認めてくれるだろうというのである。

「もう一つは、我々が一橋の家中《かちゅう》になっていたら、長七郎さんのためにも折を見てなにか出来そうに思うが……」

「さあ、それアどうかな？」

喜作は首を傾《かし》げた。

栄二郎は、ほんきで、それを考え始めていた。それにしても、長七郎が、なんで人を斬ったのか、後の知らせがまだ来ないので、ふたりとも考えがつかず心配であった。

翌日、改めて平岡を訪ねて、仰せのとおりにお願い申しますと申し入れた。ただ、自分たちは、そのために、これまでの主張を急に変えるわけに行かぬが、それで宜しければ、おとりなし下さいというのである。

平岡は例の調子で、無造作に聞いてくれていたが、

「当方も、主取《しゅうど》りするからといって、急に議論を変えるような人間には、用がないのだ。ただ断っておくが、直ちに立派な身分に取り立てるわけには行かぬのだから、下士は下士並に甘んじてもらわねばならぬ」

と、言った。

「そうではないか？　太閤秀吉《たいこうひでよし》だって初めは草履《ぞうり》取りだ。自分に意見があっても、しばらく隠忍して、徐々に、これを進めるようにするのが賢明な策だ。それまでは辛抱《しんぼう》が要るだろうが、世の中は一足跳びに動くものでない。折を見て、お上にもお目通り出来るように計らうつもりだが、それまではおとなしくしていることだな。だが、よく思案した。幕府の方へは両名とも当家の家臣だから指を差してはならぬ、と返答しておこう」

このひとの親切は、まったく特別のものであった。世間にざらにあるものでないと栄二郎にも理解されて来た。やはり人間が大きいのである。締めるところは締めているが、危険とも見える新しいことにも平気で進もうとする性質が明白にあった。そのことがさらに、はっきりしたのは、二日か三日経ったばかりのときであった。

平岡が急に、ふたりを呼び出して知らせてくれた。

「明日、お上が遠馬《とおのり》で洛北《らくほく》松ケ崎へお出ましになる。ふたりとも松ケ崎へ行って待っていて、お上を見たら、お馬の前を駆けて歩け。折を見て、お言葉のあるよう拙者から計らうから」

慶喜は後に将軍になったひとだし、その当時でも簡単に会えるような地位のひとでなかった。平岡は、これを平気で、ふたりのために計らってくれたのである。

よく晴れた春の日だった。松ケ崎は、洛北八瀬《やせ》に近い京の郊外だったが、そのへんまで来ると、まったくの田舎道で、青草の上に牛がつないであったり、花を頭にのせた大《お》原女《はらめ》が通って来るのに行き逢《あ》ったりした。

京の春は、柔かく人を酔わせる。花も日あたりのよい南側の山から咲き始めていた。ふたりとも早くから松ケ崎の近くまで行って、道端で慶喜の一行を待っていた。やはり、どう考えても自分たちの境遇が急に変ったことが不思議な心持であった。

慶喜は、かちかちの攘夷家の水戸烈公の実子であった。親の主義主張を、その子が継いでいるものとしたら、栄二郎も喜作も嬉《うれ》しいのである。しかし、同時に、ふたりは、徳川幕府を潰さなければならぬと信じている男たちであった。その幕府の親藩の一橋家に仕えることになり徳川慶喜に対して臣下の礼を取ることになったのだからまだ落着かない変な気持である。

晴れた空に、鳶《とび》が啼《な》いていた。

「もう、来られる時分だろうな」

「うん」

と、喜作も立ち上って、京の方角を眺めやった。菜の花の黄《き》ろい畑の向うが、美しい赤松山となっている。

大原女がまた歩いて通った。三人連れが一列になって通って行ったのである。頭上の籠から桃の花や菜の花の色が覗《のぞ》いている。

「今日は、出来ないだろうが、一度、慶喜公にお目通り願って、我々の意見を聴いて頂くのだな」

と、喜作は、相変らずの調子であった。

「おいでられたぞ」

と、栄二郎が急に言い出した。遠方の野中に埃《ほこり》が煙のように立つのを見たからである。近づくのを見ると、十数騎の人馬であった。

「慶喜公が先頭だろうか？」

「さあ、どんなものだろう？　百姓の子にはこんなことはわからぬよ」

不安であったが、接近して来るとやはり慶喜公らしい青年が一騎で先頭に立って他の者は少し離れて続いて来た。どういう風に供をするものか、栄二郎も喜作も不案内であった。

慶喜は馬の脚をゆるめた。

ふたりは出て行って、こうするのだろうと思い一礼してから慶喜の馬の前を歩き始めた。塗笠《ぬりがさ》の下に慶喜の面長の若々しい顔を見たのも初めてのことである。

慶喜はしばらく馬を歩かせてから、後に続いて来る家臣の中の平岡を振返って見たので、平岡がひとりで馬を進めて出た。

「誰だ？　この者たちは？」

と慶喜が尋ねた声が、ふたりの耳にも聞えた。次いで平岡の答える声がした。

「新規召抱えの者でございます。渋沢栄二郎、渋沢喜作の両人でございます」

平岡の言葉に応じて礼をしたふたりに慶喜は軽く頷いて見せた。それだけであった。

別に言葉をかけるのでもない。

が、驚いてよいことは、それだけのことでふたりの身分が決定し農家生れのふたりが武士に取り立てられたことであった。考えると変なことなのだが、それは、そのとおりであった。

夕方、改めて平岡のところに挨拶に出かけると、

「栄二郎では武士らしくない。名を改めるのだな」

と、言われたのが、同じ意味なのである。栄二郎は驚いたように言った。

「改名致しますか？」

「その方がよい。篤太夫《とくだゆう》では、どうだ？」

と、平岡は微笑した。

「渋沢篤太夫か？」

まごついたまま、栄二郎は、承諾した。しかし、名を改めてみると、身分も境遇も新しくなったことが気持の上にもはっきりして来た。これは、確かに一時期を劃《かく》する事件であった。同時に、平岡に言われて、三条の宿を引き払って一橋家の長屋に入って住むことになった。

ふたりの身分は、奥口番《おくぐちばん》で、禄《ろく》は四石《こく》二人扶持《ぶち》、他に京に在番中の手当てとして月額四両一分を支給されることになった。仕事は御用談所に勤めるように申し渡されたが、長屋もそのわきの部屋をあてがわれた。八畳二間に勝手がついていて、ふたりで住むのには手ごろであったが、永く手入れも掃除もしてない粗末なもので、昼間から鼠《ねずみ》が出るので、ふたりは驚いた。

それと、身分が軽いので、奉公人もなく食事も自炊ですることになった。栄二郎も喜作も田舎では大家の育ちで、下働きの女や下男を使って来たことで、炊事仕事は苦手《にがて》であった。

十分となって、苦労が多いとは驚いた。がそのうち、慣れるだろう。と話し合って新しい境遇に落着くように努めた。これまでの無責任な生活で、借金も出来ていたのを暮しの方を切り詰めて、自分たちの力で返済しようとも申し合せた。

鼠が天井裏を駆けまわるのを聞きながら、ふたりは新規の生活に入った。篤太夫と名を改めた栄二郎が、郷里の父親や妻を安心させるように、このことを知らせてやったのは無論であった。

高崎城の焼討ちや異人館へ斬り込もうと熱中して奔走した時分のことを思うと、信じられないくらいの境遇の変化であった。

「だが、平岡さんの親切には報いなければならぬ。あてがわれた仕事は真面目にやって行く決心だ」

喜作に向って、栄二郎は、こう話した。

# 世間

慶喜の用人として、平岡は日夜いそがしい。慶喜の役は、禁裏《きんり》御守衛総督というのだったが、諸外国が軍艦を向けて長州に攻撃を加えると風説が立って、海からの京都の入口に当る大坂湾を守ることが問題となって、摂海防禦《せっかいぼうぎょ》指揮に任ぜられた。

平岡が栄二郎の渋沢篤太夫を呼び出すと、

「あんた、大坂へ行ってくれ」

と、急に申し渡した。

どんな仕事をするのかと思うと薩州《さつしゅう》藩の折田《おりた》要蔵というのが、海防の専門家なのでこんど、幕府の御台場築造掛となったのに付いていろというのであった。折田の計画で安《あ》治《じ》川口天保山《てんぽうざん》、島屋新田木津川《きづがわ》口などに十数ヵ所の砲台を築くことになったのである。

篤太夫には、これは見当がつかない仕事であった。攘夷《じょうい》論者だが、正直な話、攘夷の方法は知らない。大砲も軍艦も見たことがないのである。

平岡の話を聞いて、自分から顔が赤くなった。

「手前で、お役に立ちましょうか？」

と、思わず難色を示した。

「まったく不案内のことでございます」

「誰にも不案内のことだ」

と、平岡は平気で言った。

「折田という男が、どの程度に海防にくわしいかも話を聞いても閣老以下誰も判断がつかぬというのが実状で、心細いことだと思ったくらいだ。とにかく、喋《しゃべ》る者で、それがまた、もっともらしく聞える。実際にやらせてみないとわからぬから、始めたことでね。あんたも、なにも知らなくとも、勉強するつもりで折田の下についていてくれればよい。これは私からの注文だが、ついでのことに折田がどんな人物か、見ておいて貰《もら》いたいのだ。とにかく、誰も確かなことを知らぬ。話を聞いて、やらせてみることになっただけだ」

政府のする仕事に、そんなことがあるのかと呆《あき》れたくらいであった。しかし考えてみれば、誰にも不慣れな新しい問題が続出している時代なのである。自分たちの攘夷論にしても、言葉が先に出ていて、具体的な方法は誰も考えていない。

篤太夫は、目があいたような気がした。とにかく、行って見ろと勧める平岡の判断は正しいのである。実際に事に当ってみないと、物事はわからないのである。

「お役に立つかどうか、仰せに従います」

篤太夫がこう答えると、平岡は頷《うなず》いて見せた。

「御苦労だが、そうしてくれ。君の勉強にもなるだろう」

そう言ってから、

「仕事は、人間次第だよ。折田なら折田という人間を見ていると仕事が出来るものかどうかもわかって来るのだ」

やはり見るところをちゃんと平岡が見ていると篤太夫が感じたのは、大坂に出て折田要蔵の下で働くようになってからだった。

篤太夫は一橋家の依頼で塾生《じゆくせい》として折田の教えを受けることになったのだが、折田の役所は薩州人で充たされていたので、奉行所とか目付との交渉には国訛《くになま》りがひどくて不便なので、専ら篤太夫が使われることになった。だがこれで折田という人物の内面と外面とを同時に知ることが出来た。

折田は、外面をてらう人柄であった。役所も土佐堀の松屋に、摂海防禦御台場築造御用掛折田要蔵と大きな掛札を掲げさせ、玄関に紫の幕を張って勢力を誇らかに見せていた。築城の仕事の方は、あまり円満に進まない。理論だけやかましいが、現場の仕事は別なので、始終、食い違うのである。

篤太夫は塾生として、図面を写す仕事を命ぜられて慣れないことで苦労した。だんだんと、それにも慣れ、理解も進んで来ると、折田の築城学そのものに奥行きがないのが見えて来た。外国の軍艦の攻撃力、砲術の進歩も考えてないようなのが不安である。理論はやかましいが、他のひろい視野を考えてない。素人考えでも、この欠陥はわかるのである。

松屋の隣《となり》に折田と同郷の薩州人が多勢屯《たむろ》していたので、篤太夫はその人々とも親しくした。明治になって警視総監になった三島通庸《みちつね》だの、海軍卿《かいぐんきよう》になった川村純義《じゆんぎ》、その他奈良原繁《しげる》、高崎五六《ごろく》などの人々である。みんな若い豪傑ばかりで、一緒に痛飲することもあった。この青年たちは気負って威張ることもあるが、純真な性質が共通していた。気力はたくましいが、人間は誠実で、折田のように殿様ぶったところはなく、薩摩《さつま》の野人をむき出しなのが気持よかった。

この人々と交際している間に篤太夫が気がついたことは、彼らも折田を信用していないことである。

平岡円四郎からは、その後も篤太夫に、一橋家で折田を召抱える話が出ているから、折田がどんな人間か見ておいてくれ、と話があったので、注意していたのである。

学問も人物も大したことはないというのが結論であったし、篤太夫は、これ以上、折田の下についていても無益だと見た。この程度の人物でも幕府が急いで登用しようとしたのは、やはり混乱した時代だからで、溺れた子が藁《わら》であってもすがろうとするように、新規らしく見える学問や才能に目を着けるのに違いないと知った。その中で、平岡円四郎が、才能よりも人間を見ろと注意してくれたのはさすがだと思われた。

篤太夫は、平岡にも手紙をやり、折田にも断って京に帰ることにした。


明日は大坂を引き払うという晩に川村純義と三島通庸が送別会をやってくれた。無論、篤太夫は折田の許可を得て出かけて、雑魚場《ざこば》の茶屋で三人で遅くまで、飲んだり歌ったりした。折田の宿に帰ったのは、夜十一時過ぎていた。

折田がまだ起きている様子なので、挨拶に出て見ると、座敷には皿小鉢が割れて散らばっているし、かねて折田が寵愛《ちょうあい》していた松屋の娘が眉間《みけん》に怪我《けが》をして繃帯《ほうたい》をして寝ていて、折田は割れた杯盤の間に茫然《ぼうぜん》と坐《すわ》っていたので驚いた。

「どうなさいました、先生」

と、篤太夫が尋ねると、折田は急に威丈高《いたけだか》になって、

「渋沢、貴さま、三島と酒を飲みに行ったのだな」

と言う。

「さだめし、その席で、貴さまは俺《おれ》のことをなにか中傷したのだろう。これは三島が少し前にやって来て、なにに腹を立てたのか散々に乱暴して行ったのだ。貴さまがなにか言ったのに違いあるまい？」

篤太夫は三島通庸が自分より少し前に帰ったのを知っていたが、何故《なぜ》だか知らなかった。殊にこの席に飛び込んで来て乱暴したとは初めて聞いたことであった。

「先生、私は先生を師としてお教えを願って来た者であります。たとえ、どんなことがあろうと陰《かげ》で先生のことを悪く申すような卑しい料簡《りょうけん》はございませぬ」

「いや、三島がそう申した」

「覚えのないことです」

「三島がそう言ったのだから、知らぬとは言わせぬ」

「覚えのないことです」

篤太夫もまた血気の青年であった。腹が立って我慢出来なかったので、

「では、いまから三島を引き立ててまいります。私がさようなことを申したと言うのなら、この場から立たせず、彼を刺し殺してやります」

そのまま押取《おっと》り刀《がたな》で隣の宿へ行き、三島が寝ている二階へ駆け上って行った。三島は酔いつぶれて前後不覚に睡《ねむ》っていたが、川村が驚いて抱き止めた。

「よせ！」

「放せ」

もみ合っていると、折田から迎いを寄越《よこ》して、帰ってくれと頼んで来た。折田は、世間体を怖れていたし、酒の上で口から出まかせのことを言って弟子に当り散らしたのが、

篤太夫が本心から怒ったので狼狽《ろうばい》したものだった。

明朝は出発して帰るという間際になって、変なことがあったものだが、世間にはいろいろの人がいるものだと思った。

京都に帰って、自分が見たとおりを話すと、平岡は軽く頷いて見せた。

「そうか」

と言い、

「拙者も、そのへんのところではないかと思っていた」

そして篤太夫には、御苦労だったと丁寧に挨拶した。篤太夫を信頼して使っているのである。

その後も篤太夫が持ち出す意見をよく聴いてくれた。

江戸の根岸の屋敷で最初に会ったときに、百姓が働く時世が来たと言ったのは記憶にまだ新たなところだったが、篤太夫らを以前から仕えている士分の者と差別しないばかりか、目を掛けて大切にしてくれる。篤太夫や喜作の意見が地位や名分にとらわれず、自由な言い分なのが気に入っているのであった。もとから武士だった者は、責任が掛るようなことは避けようとする傾きがある。正しいと承知していることでも、身分の上の者の意見が反対だと見ると、口を噤《つぐ》んだまま、ただ穏やかに従う風があった。

平岡は、それを嫌っている口吻《こうふん》である。

「扶持《ふち》されて安楽に暮して来た人間ばかりだから、腑抜《ふぬ》けが多いのだ」

と言い出して、逆に篤太夫らを驚かしたこともあった。

「列藩でも、勇気があり仕事が出来る人間は、低い身分の者に多くて、重役どもは漬物の石のように上に坐って、動かすまいとしているだけのようだ。それだけ世の中も変って来たのだろうが、身分だけでいる人間は、そろそろ引き退《さが》ってよいときが廻って来たのだ」

篤太夫が、最初から一風変った人物と平岡を眺めて来たのは、あたっていた。自分が名門の生れでいて、思ったことはびしびしと主張するし、実行するので、見ていて頼もしいのである。外の世間の評判でも、天下をいま動かしているのは一橋慶喜で、慶喜を動かしているのは、平岡円四郎だと、聞くくらいであった。

夏近くなってから、平岡は、篤太夫と喜作を呼び出して、相談した。

「どうせ、これから、いよいよ多事の世の中になるから考えたのだが、君らで、物の役に立ちそうな人間を集めてくれないか」

新規に召抱えるのだ、と強い決心を打ち明けた。

「農家の出でもよい。浪士でもよい。志だけあって遊んでいる人間が多いのだから、その中から適当と思う者を君らで見つけて、集めて来てくれ」

破格の意見に聞えたが、これまで平岡に見て来た態度からすると、当然の結論なのであった。

「どうだ？　御両所」

「どのくらいの人数を？」

と、尋ねると、

「差し当って百人でも二百人でもよい。御領地内の者ならば最も適当だと思うが、そうでなくても結構。君たちは以前から志士間の交際もあるようだし、心あたりもあるだろうから、言いつけるのだ」

「承《うけたまわ》りました」

と、ふたりが答えると、

「関東から手を着けてくれ。すぐに江戸に向うように。こまかい話は、今夜、酒でも飲みながら話そう」

平岡の前から退ると、

「驚いたな」

と、喜作が言い出した。

「だが、徳川方の農兵を仕立てる役だと、一応、我々としては考えなければならぬよ。私は、いまでも、やはり幕府を倒さなければならんと信じているのだ」

「平岡さんは、そこまでは考えてないだろう。ただ役に立つような新しい人間が欲しいのだ。あのひとは幕府なんてものに囚《とら》われてない。もっと大きく、天下のことを心配していられるのだ、と私は思うな」

　篤太夫は、熱心に、こう言い立てた。

「それに私たちがそうだったが、議論ばかりしてなにも世間の役に立たずに、ぶらぶら遊んでいる人間に、仕事をやらせる機会をひらくのは、好いことなのじゃないか？　特に、普通の農家では次男三男は、することもなく、気分だって、ふさいでいるのだ」

「それアそうだ」

　と、喜作も頷いて見せた。

「私らだって、別に徳川氏のために働いているのじゃない。だが、平岡さんに限らず、慶喜公だって私は立派なひとだと見て来ている。なにも節を屈したというわけでなく、自分で働くようになってから私にも世間というものが多少以前よりも見えて来たような気がする。だから、私たちと同じ百姓の中から、世間に出て働く者を集めるなんて、自分から願い出たいくらいの好い仕事だと思うのだ」

　数日後に、ふたりは江戸に向って出発した。関東人選御用掛という役名であった。前に京に上るときは、脛《すね》に傷持つ身で、一橋家の家来を僭称《せんしょう》しながら、内心は、さまざまの不安を感じていたものが、こんどは、隔世の感のある公々然とした旅行である。

「江戸へ出たついでに、なんとかして長七郎さんを助け出す方法を考えて見ようではないか？　役人の世界では一橋家家来というのがいろいろな響き方をする。考えれば、世間て変なものだなあ、喜作さん」

尾高長七郎はまだ牢《ろう》に入れられたままであった。さすがに面会は出来なかったが、様子を聴くことは出来た。

長七郎が人を斬ったのは、まったく一時的の発作によったものらしく、友人二名と江戸に出る途中で、戸田ケ原まで来たとき、飛脚風の男が行く手から歩いて来たのを、連れが制《と》める間《ま》もないほど不意に長七郎が抜打ちに斬ってしまってから、

「狐《きつね》だ、狐だ！」

と、叫んだというのであった。

連れの者は、あっけに取られたがこれは狐ではなく、知らぬ通行人だったから事は大きくなった。

「狐だ！」

そうでないと言っても肯《き》かなかった。長七郎は、目をつり上げていた。街道の人の騒ぎは大きくなり、役人が三人を追って来た。その時分になると、長七郎は我に復《かえ》ったものらしく悄然《しょうぜん》としていて、命令されるとおりに曳《ひ》かれて行ったそうである。喜作や栄二郎の手紙を懐中しているのを捕えられてから役人に取り上げられて、累《るい》をふたりに及ぼ

してはと気に病んで、骨折って牢内から外部に連絡して京都に急を知らさせるようにしたのなど、正気に戻っていたのである。どうして発作的に逆上して前後の見境なくなったのかは疑問だったが多血質で、物に凝ると心の平衡を失いやすいのは、少年の日からのものだったのを篤太夫は知っている。

「ひどく、脳が疲れていたときだったのだ」

と、篤太夫は言った。

「なにか、ひとつことを思いつめると、あのひとは、いつも心配なところがあった」

「そうだ。血を分けた兄弟でも、新五さんとは違う」

子供のときから知っているひとだから、堅い棒が折れたような、この崩れ方が悲しかった。自分たちが高崎城の焼討ちを企てているのを無謀だと言って、つかみ合いまで始まりそうに論争し、最後には長七郎が声をあげて泣いたことなど、つい昨日のことだったように思われるのに、長七郎は牢に入っているし、自分たちも当時とはまったく別の道を歩くようになっているのだった。

長七郎のことは、例の武具問屋の梅田が外から心配してくれていたので、篤太夫は礼を言いに訪ね、出来る方法も相談して見た。梅田は、顔がひろいので、八丁堀の与力同心にも親しくしている者があり、牢内の長七郎の様子を尋《き》くことも出来たのである。

「急に、何分の御沙汰《さた》が下るってこともないようですよ。おとなしいひとが不意と乱心して、なさったことだ。お上でも始末しにくいので、事によると、お国もとの方へお引き渡しになるのじゃないかとも伺っております」

梅田の亭主は、親切に、こう知らせてくれて、話が変ると、篤太夫の出世を悦《よろこ》んでくれた。

篤太夫と喜作は、平岡から命ぜられて来た人選御用の仕事に取りかかった。江戸では一橋家の大砲銃隊調練頭《ちょうれんがしら》の榎本亭造《えのもときょうぞう》の屋敷が浅草堀田原《ほったばら》にあったのに泊って、各所に散らばっている領地の代官と連絡した。

もと自分がいた千葉道場や海保塾からも、人を見つけ出す予定だったが、一橋家の領地を訪ねて有志の者を得ようとしていたのである。武蔵《むさし》国の埼玉、下野《しもつけ》の芳賀《はが》、塩谷《しおや》の二郡が一橋家の領地であった。

地方の農家に生れた者までが、なんとなく時世の気運に乗じ新しいものに向って動き出そうとする気配を示していたことは、自分の過去の経験から、ふたりとも知っていた。こんどの仕事は、その元気のある人々に、こちらから手を差し伸べて誘い出すのだから、困難なく出来ると信じて出かけたのである。

動いて止《や》まない世の中である。現地で、ふたりを迎えたものは、決して好い都合ではなかった。ふたりが郷里や江戸にいたころよりもっと世間も人心もけわしくなっていた。京都にいる間にも聴いていたことだったが、水戸を中心にして起った天狗党《てんぐとう》の活動が急速に活潑《かっぱつ》になったのにつれて、その影響で地方の志士たちも動き出し、足利の西岡邦之助《くにのすけ》、結城の昌木《まさき》晴雄などを中心に、地方は暴動化している。脱藩者や有志の力をまとめて攘夷を実行しようとしているのである。

火事は起っているのだった。

篤太夫が知っていた人間で、気骨《きこつ》のある者は、ほとんど、その運動に身を投じて郷里を離れてしまっている。皮肉なことは、これは篤太夫や喜作が、もと自分たちでやろうとしたことを、野火のように各地で他人が実行に移していたことなのだ。自分たちは思い止《とど》まったし、その後、世間を見て、前とは別の見方をするように変って来たのに地方の有志は、いつのまにか、ひたむきに一つの方向に突進して、ついにこの大火事になっているのだった。

「やはり、こうなってしまったのだ」

防ぐ方法はなかったものか？　感慨深く、篤太夫は、こう考えた。政治がなかったゆえだとしか思われない。世間が、こうなるように仕向けて幕府も見送っていたのだ。こういう前後の見境ない行動は、正直な人たちだから出来るのである。そして、この人たちは無謀に火中に飛び込むだけで、事の結果を考えない。動くだけで、政治的な思慮分別は持っていない。妄動《もうどう》に陥《おちい》りやすいのであった。

自分たちが、決行しようとしたことだったから、篤太夫には、この危険が見えるのであった。ただなんとしても箭《や》はもはや放たれてしまっていた。事の落着く先を思うと、心は暗い。

「もったいないことをする」

と、やがて出るはずの尊い犠牲のことが思いやられるのだった。

夏であった。行く先々の田舎で泊るのだが、蚊柱《かばしら》の立つ縁に出て、一日の暑さを忘れながら、自分たちの仕事が思うように運ばぬ心配よりも、代官所から接待に来た手代などから聞く世情の不穏な話に耳を藉《か》す方が多いくらいであった。

筑波《つくば》山に集まった水戸の藤田小四郎などの天狗党も目的は高いところにありながら、やはり精神家的な単純な考え方の人たちの集まりなので資金など準備してないために、動きが取れなくなって付近の農村から軍用金や糧食を乱暴に徴発し始めて、次第に民の恨みを買うように変化して来たらしかった。

「肝心の天狗党が、それでは困るなあ」

と、喜作も嘆いて言い出した。

「田丸稲之衛門《いなのえもん》とか、水戸の町奉行だった人物まで加わっていると聞いたから、これは立派にやって、世論を動かすことだろうと思ったが……」

「経済を考えてなかったら、これは、悪く崩れるだけだ」

篤太夫も、こう批評した。

「金穀の徴発を強制し始めると、必ず世間の悪玉の人間が付いて、もっともっと事情を悪化させる。せっかくの挙兵も、目的を遂げずに変なことになりかねない」

　志士に対する幕府や諸藩の圧迫も加わって来ていた。篤太夫や喜作が驚いたことは、郷里の村で尾高新五郎が天狗党の一味だろうとの疑いで、岡部《おかべ》の陣屋に連れて行かれ牢屋に入れられたと知らせを受けたときであった。赦《ゆる》されるように運動してやりたくとも、自分たちの仕事は、まだ途中である。弟の長七郎が江戸で入牢中なのに、郷里では兄がまた逮捕されたのである。世路《せいろ》のけわしさは驚くまでであった。

「これは、京大坂にいる方が、ずっと穏やかだ」

　ふたりは、こう話し合った。その京大坂でも平岡がこんどのように新しく募った歩兵が入用と考えたのは、やはり前途の形勢が不穏だと気がついたからに違いないのである。思うように人が集まらない中にふたりは骨を折って四十数人を選び出した。そして京都の平岡に飛脚で連絡する考えで、江戸に出て来ると、家中《かちゅう》の或る者から不意に、

「大変なことになりましたよ、上方で平岡さんが、刺客《しかく》にやられたそうですよ」

と聞かされた。

　ふたりは唖然《あぜん》とした。

「平岡さんが、どうしたんですって？」

「暴徒に襲われて、おなくなりになったのです」

というのが返事であった。

「下手人《げしゅにん》は、水戸の浪士だというのです」

ふたりにとっては、まったく夢のような話である。平岡が暗殺されたとは？　ふたりは、彼の命令で人を集めに来ているのだった。

「くわしい話を、どなたが御承知でしょうか？」

「いつのことだったのです？」

有為《うい》転変の世の中には違いないが、あまり意外のことだったので、まだ真実とは考えられなかった。事情に通じた者に聞くと、六月十六日の晩に、同じく京にいる一橋家の家老、渡辺甲斐守《かいのかみ》の旅宿を訪ねた戻り道を道路で不意に襲撃された。刺客は二名だったが、平岡はその場で落命し、供をしていた者ふたりも倒れ、一緒にいた川村恵十郎《けいじゅうろう》は手傷を受けたというのである。下手人は水戸藩の林忠五郎、江幡《えばた》貞七郎で、目的を達して千本通りまで逃げてから、これも重傷を受けていたので出血のために死んだのである。

話を聞きながら、篤太夫は、十六日の月のある京の町筋の夏を感じ、地面に流された血の匂いをむごたらしい思いで感じて来た。平岡の無造作でいて思いやりのある人柄を思うと、涙が止められなかった。

「惜しいひとを死なせた」

と、喜作も呻《うめ》くように言った。

政治上の意見では反対する点もあっても、平岡が当今に得難い人傑だったことには変りない。このひとが慶喜に付き添ってくれるのが、自分たちから見ても心強かったし、分別のある頭で、事に当って屈託なく捌《さば》いて行く態度が雄々しく立派に見えていたのである。

「おいくつだったろう？」

「確か、まだ四十三歳」

「そうでした。まだ四十三歳だ。まだまだ働きざかりだ。これからというひとでしたろう」

それを不意とたち切って、死なせたのである。下手人が、慶喜が出た水戸の人間だったということも、さらに心を暗くすることであった。平岡は直参の江戸の人間だが、慶喜のために身命を賭して尽して内外から一橋家の柱石と見られて来たのを、水戸の者が手を下して暗殺したのだから、気の毒な話なのである。

「平岡氏は、堂々と、攘夷に反対の方《かた》でしたから、やはり、そのへんのことでねらわれたのだろうが……あの仁があって、禁裏と幕府との間も前よりは円満に行き、不穏だった点が、かなり良く改められて来ていた。単純な人間には、そんなことがわからないので、頭から……」

「そうなのです」

篤太夫も、まだ湧《わ》き出る涙を抑えながら、語気を激しくして言った。

「自分の物の見方だけが正しいと思い込んでいる人間の頑冥《がんめい》さ。しかも、それが簡単に、他人を殺させるまでにする……」

喜作とふたりだけになると、篤太夫は真剣な様子で、相談を持ち掛けた。

「どうしたものだろう、我々は」

「それだ。あのひとだから、我々のめんどうを見てくれた。考えてみれば、乱暴な意見ばかり持ち出して……迷惑を掛けて来たのだが……素直に聴いて下さった。もう、あれだけのひとは出ないだろう」

「がっかりした」

目をつぶると、平岡の面影がありありと浮び出た。知らぬまに平岡から教えられたと思う点が多かったことは事実である。自分たちの身辺の危急を救ってくれたばかりではない。人間を使うことを知っていたひとだし、深い情愛がなければ、ああは出来なかったことだと一々思い当ることばかりであった。

根岸にある平岡の留守宅にも行き、妻女に会って、くやみを述べた。主人が、二度と帰らなくなった家の庭に最初訪ねたときと同じように萩《はぎ》が枝をひろげているのを見ても感無量であった。そのときの平岡は、無造作に縁側に坐っていてふたりを迎え、

「庭を見て、ぼんやりしているときが、一番、自分が自分らしいのかもしれぬ」

と、言ったものであった。そのひとが世間の波に誘い出されて行って、無慙《むざん》な最期を遂げたのである。

「とにかく京都へ帰ったものだろうな」

篤太夫は、喜作に反対の意見があるのではないかと疑いながら、こう尋ねた。

「うん」

と、喜作は首を傾《かし》げて、

「平岡さんのいない一橋家では我々もどんなことになるのか知らぬが……といって、こうなってみると、他に行くところもない」

「そうなのだ。集めた人間の始末もつけねばならぬ」

と、篤太夫は言った。

「まさか、平岡さんのやったことだから、我々は知らぬなどと挨拶されるような筋合のものでもなかろうが、とにかく私たちが責任を持ってやったことだ。納めるところへ納めるまでは手をひくわけに行くまい」

「筑波の天狗党が、もう少し、しっかりしたものだと、出かけて行きたかったところだ」

と、喜作は笑った。

「それどころか、その天狗党の端《はし》っくれに、平岡さんを殺されてみると、無法なことをするとと腹も立って来た。いったい、この世の中は、どこへ行くのだろう。心配になって来た」

篤太夫も同感であった。しかし恩になった平岡の一代のことを考えると、自《おのず》から、その不安の中に辿《たど》るべき道筋が見えて来たようである。

「黙って働くことだ」

と、彼は言った。

「世を終るまでに自分に出来るだけのことをすることなんだろう」

「だが、急いで京に戻ったところで、平岡さんは、もうおられぬ」

と、篤太夫は思案の末に言い出した。

「それよりは、平岡さんに託せられた仕事を十分に果たす方が大切だと思うが、どうだろうか?」

喜作も、それに賛成して、引き続き関東に留《とど》まることにした。一橋家からも、やがてなにかの沙汰があるだろうが、それまでは仕掛けた仕事をしようというのである。

その間に、入牢中だった尾高新五郎も赦されて出て来た。京からのその後の便りで、平岡が殺されたのは、長州藩士を中心にした志士たちが六月五日の晩に三条小橋の旅館池田屋で会合しているところを、幕府側の会津《あいづ》桑名《くわな》の藩中と近藤勇《いさみ》などの新選組の者が襲撃して、三人を斬り十数人を逮捕したのが、平岡の指図《さしず》のように伝えられたのが原因だったと聞かされた。また、それとは別に、慶喜が攘夷を実行しないのは平岡が側《そば》に付いているからだと言う者があったので、水戸人が平岡を目の敵《かたき》にして殺したのだとも伝えられた。

その噂の出所が、水戸の人間で慶喜に付いていた原市之進《いちのしん》の口からだとも言われた。風説の真偽はわからないが、直参で江戸人だった平岡と、水戸出身の原と暗に競争する地位に立っていたことは事実なのである。

「世間とは難しいものだ」

とは、始終を見て篤太夫がつくづくと感じたところであった。

「国の大事を目の前においては、人と人とがお互《たがい》に心を合せてやって行けないのは、変なことだ。人間の世の中というのは、そんな風に出来ているものだとすると、この先、よく考えねばならぬ。皆、相当、立派な人たちなのに、いざとなると自分の我《が》が出て、知らぬまに他人を斥《しりぞ》けようとするものなのだろうか？」

恩人であったが、それを別にしても平岡は篤太夫に私情のない立派な人物に見えていた。そのひとでも、こうした災難を免れ得なかった。平岡に比べれば年も若く、なにかと前に飛び出したくなる気性の自分など、よほど反省して掛らぬと、間違うことが多いと見るべきなのであろう。不幸な別れ方をしたが、平岡のように人間として出来上ったひとを、目《ま》のあたりに見て来たとは、たとえようのない自分の倖《しあわ》せだったと考えたい。知らぬまに篤太夫は、平岡の人格から教えられて来たのであった。

「そうだ。偶然にしろ、若いときに、優れた人間を見たとは、それだけでは済まずに、確かに後に影響が残ることなのだ。その点でも大した御恩になった」

心からのように、喜作にも、こう話した。

確かに、この人生の行路で平岡円四郎に遭うか、遭わぬかで、篤太夫の一代には大きな相違が生れたはずである。それがここで自覚出来たのも、平岡の死が、あまり突然だったし、心から残念だったたゆえもあろう。

人の一生は、当人が持っている素質によって決まることもあろうが、育つ環境や、その間に出会って接触する人間によって決まると見てもよい。立派な人物を見ておくとは重要なことなのだ。才能や地位は別のこととして、平岡は、自分だけで歩いているひとでなく、よく他人を理解して、意見が反対であっても採るべき者は重く用いた。つまり平岡の仕事は、単独で働くのではなくて、同時に他人を動かしていた。それゆえに、幅もあり厚みもあって、困難な世の中に力強い働きを見せていたのである。

篤太夫が平岡に教えられたのは、その点であった。人間一人が持って生れた才能には、なんといっても限度がある。ひとりで、もがいたところで出来ることは、たかが知れている。平岡はこう見て、自分にないものを進んで他人に求め、人の調和の中に自分の歩む道を拓《ひら》いて来たのではなかろうか？　それも、こんどのような災厄を見るようなけわしい世の中であった。自己を強引に推し進める人間は、いくらでもあるが、その人たちに出来る仕事と、平岡のとは、最初から器量が違っていたのである。

　世路のけわしさは、これからもいよいよ苛《か》烈《れつ》になることは、篤太夫がどこへ行っても感じて来たことであった。世の中は日の暮れ際《ぎわ》と水戸の烈公のように強気のひとまでが言ったと聞いたが、いつの世の人生も同じことだと覚悟して生きることであった。日本は、国内が収拾つかず、みだれているだけでなく、門の戸口まで押し寄せて来ている外国の勢力でいまにも押し潰されようとしているように見える。この時世に、自分たちが、どう生きるか、というのが解決を急ぐ課題なのである。それにも平岡は、出来ることからやって行け、と最初のころに篤太夫に教えてくれたのであった。その後の道の歩み方は、平岡が身を以《もっ》て示してくれていたのではないか？　ひとりで飛び出したところでなにも出来るものでない。他人との調和の上に動け。

　篤太夫らが関東に居残って働いている間に、京都では蛤御門《はまぐりごもん》の戦《いくさ》が起った。上方の方が平穏だと信じて来たのに、この知らせである。池田屋騒動以来、長州藩にくすぶっていた不満からついに兵力を用いたのである。慶喜は、これを掃蕩《そうとう》する立場に立った。

　事件は忽《たちま》ちに済んだ。

「だが、民家が火事で焼けたものだけで、四万戸だと言いますよ。これでは都が焼野原になったと申してもよい。応仁《おうにん》の大乱以来のことでしょう」

九月初めになって、篤太夫と喜作は募集した人数を連れて、上京した。中山道《なかせんどう》を通ったのだが、故郷の血洗島に寄るのは遠慮した。

篤太夫と喜作は、脱走者として藩から睨《にら》まれていたので、両親に迷惑を掛けないように深谷《ふかや》を通りながら、わざと避けたのである。深谷に着くと、尾高新五郎が出て待っていた。久し振りの対面であった。思えば、お互に変化の多い道を辿って来たものであった。外に出た篤太夫は無論のことだったが、手計村のような静かな農村に里の長者と眺められて引き籠っていても、新五郎も牢に入るような目を見ている。長七郎はと言えば幽閉せられたまま、まだ外へ出られずにいるのだった。

そのことや水戸の天狗党のことなど話したいことは山ほどあって落着いている暇もなかった。

「千代が宿根《しゅくね》に行って待っている」

と、新五郎は口ばやく知らせた。

「会ってやってくれ、栄二君」

篤太夫は驚いたように目を上げて新五郎を眺め、沈痛に頷いて見せただけであった。年取った父親だけでなくて、妻にも迷惑を掛けていることである。志を立てて家を出たのだから已《や》むを得ぬことではあるが、こちらも不足のない若い妻を家に置き去りにして苦労ばかり味わわせているのは、自分も言うに言われぬ心持であった。

宿根は、隣の村で、親戚の家があった。六十人を出ている連れの人数を先に歩かせて、その家に近づくと、千代が子供を抱いて門口に立っているのが見えた。

胸を締めつけられるような気持であった。

千代は篤太夫を見つけ、抱いている子供になにか言い聞かせてから、笑顔を向けて夫が近づくのを待っていた。子供は二歳になっていた。

「苦労を掛けている」

と、篤太夫は言った。

「なお、頼みます。頼みます」

男の自分の方が涙ぐみかけていて、千代の方ははけなげに見え、篤太夫に会う嬉《うれ》しさだけを、細い顔に一杯に示しているのだった。

抱いている子を千代は篤太夫に見せた。

「まあ、栄二郎さん」

と、親戚の者も走り出て来て、

「お立派になって。さあ、どうぞ、ゆっくりしてお茶でも飲んで行って下さいまし」

篤太夫は、妻の手から赤ん坊を抱き取った。

「すぐ、出かけなけれアならぬ」

と、彼は言った。

「また来るからな。父上とこの子のことを頼みます。私は、このとおり達者だ。元気で働いてもいる」

平岡円四郎の死後に一橋家の用人首席になったのは、黒川嘉兵衛《かへえ》である。篤太夫らが京に帰るとこれまでどおり働いてくれということだった。

その間にも世の中の動きは、谷川の激しい流れを見るように変転をやめなかった。

筑波山に集まった天狗党の志士たちは、幕府から兵力を向けられるし、だんだんと窮迫して来て、慶喜に頼ろうと申し合せて、血路を開いて、遥々《はるばる》と上京して来ると知らせがあった。攘夷を旗じるしにして徒党を組んで蜂起したものだし、過激で進歩的な人々には人気も同情もあるのだが、幕府から討伐令が出ている上に、現在、幕府の敵となっている長州藩と通じている者たちである。言わば叛乱軍《はんらん》である。これが慶喜を頼って上京して来るのでは、慶喜は処置に悩むだけでなく、内外に苦しい立場に立たされるわけである。天狗党は、水戸の烈公の遺志を継いだものだと自認しているし、慶喜は、烈公を父として生れて来た。だから、自分たち全部の進退を慶喜に任せると言い出したのである。

篤太夫も喜作も、天狗党には終始同情を寄せていたが、事態がこう急転回してみると、仕えている慶喜の容易ならぬ立場が、よくわかった。世間のことは、実際に、どう変るものか見当がつかないことである。

天狗党は、義軍のはずだったが、暴動化して農民の迷惑の種となっていた。それが、八百余人の人数で、行く先々の抵抗を武力で斥《しりぞ》けながら、遠い道を強引に京都に出て来ようとしているのであった。

「喜作さん」

と、篤太夫は、言った。

「人の運命とは、まことに計り知れぬ。私たちがやろうとしたことを、天狗党がやったのだからね。それが今日のような仕儀になろうとは誰も考えなかったろうからね」

「閉口しているのだ」

と、喜作も苦笑いした。

「志すところは正しくとも、手段が無謀だった、とでもいうのか。皆、心持は純粋な好い人たちばかりなのに。いったい、どうなることだろう。やはり平岡さんが仰有《おつしや》ったとおり、攘夷なんて百姓の議論だということになるのか？　残念だな」

「どんなに正しく見える議論でも、世間という砥石《といし》に一度かけて見ぬと……いけないのだな。それに、お上は烈公の御子息でも烈公が考えておられたように攘夷を正しいとはしておらぬはずなのに、そんな、きまり切ったことが、あの人たちにわかってないのだろうか？」

「勢いだ。是非はない」

水勢に巻かれて押し流されている、篤太夫もそれを感じた。辿り着くところを知らないのであった。

武田伊賀守《いがのかみ》、藤田小四郎らが率いる筑波勢八百余人は敵の中をかき分けて歩くようにして、越前国新保《しんぼ》まで出て来た。

ここで、二十丁ばかり離れた前方に、加賀藩が大兵を出しているのがわかり、また、別の方角にも幕府の命令で出陣した諸藩の兵が待ち伏せていたので、進もうとすれば全滅が明白な戦闘に出ることで、まったく行き詰ったのである。加賀藩の監軍永原甚《ながはらじん》七郎《しちろう》が同情のある扱いをして、戦闘を避け、穏やかに降伏するように骨を折って説き伏せた。

加賀藩からは、彼らの処分を幕府ばかりに任せないように朝廷に願い出た。幕府から見れば叛乱軍であるが同情者は多かったのである。

しかし幕府は武田以下三百五十余人を刑場に送って斬首刑に処しその他の者は追放流《る》罪《ざい》にするという、思い切った処分をした。あまりのむごたらしさに心ある者は聴くだけで眉《まゆ》をひそめたことである。三百五十余人の大量の斬首刑とは当時としても未聞《みもん》の話で、それも暴動の形を採るようになったといっても、進歩的な人々と天下にも知られている有能な人材が多勢加わっていたのだから、響くところは大きかった。篤太夫や喜作にも志士として面識のあった者が数人を算《かぞ》えられた。自分たちが高崎城を襲撃しようとしたときに同志だった者さえいたのである。心を寒くする話であった。それにしても平岡円四郎のような人物が幕府にいたら、と思うのである。こうまで天下の心ある者の反感を買うような拙劣なことはしなかったはずである。

この事件で、慶喜は、幕府には睨まれ、また志士たちを見殺しにしたものとして、幕府の反対派からも恨まれた。一橋家は家の格は高いが、水戸家や紀州家と違って、常備の兵隊などなく、小人数の家臣の他には幕府からまわされて来た二小隊の鉄砲隊と水戸藩から借りた人数を護衛にしているだけで、実力がないから、いざなにかという場合にも、外部に援助を待ってから動くことになって、禁裏御守衛総督、摂海防禦指揮の大任を受けていても心もとない話であった。こんどのように筑波勢が寄せて来たとしても、自力で解決出来るものでなく、そのために幕府からも進退があいまいだと睨まれることになっていた。その意味で篤太夫らに領内から歩兵を取り立てさせようとした平岡円四郎には先見の明があったわけである。

平岡の死後に、用人首席に進んだ黒川にも、篤太夫は、同じ意見を述べた。世間はいよいよ難しくなるし、いまからお手廻《てまわ》りの人数を集めておかないと、一朝事《こと》あるときに、不都合が起ろうというのである。

「それは、重ねてお手前に骨を折ってもらいたい」

と、黒川も言い出した。

旧世界

新しく篤太夫が人選御用に出向くのは、畿内《きない》中国にある一橋家の領地であった。最初に行ったのが、備中国《びっちゅうのくに》の江原《えばら》村である。

この正月に篤太夫は小十人並《こじゅうにんなみ》の待遇となり、食禄十七石、五人扶持《ぶち》、月手当十三両二分を賜わることになっていた。これにこんどは歩兵取立《ほへいとりたて》人選御用の役付だから、長棒の駕籠《かご》に乗り、槍持《やりも》ちを供にして、合羽《かっぱ》籠《かご》などを持たせ、道中も触れ声を掛けて行くのである。

「田舎へ行くのだから少し格式を付けた方がよい」

と、用人からも注意があった。各領地には代官所があって、領内のことをいっさい取り扱っているので、

「このたび歩兵取立御用掛として渋沢篤太夫を差し向けるから、万事同人の指図《さしず》に従うべし」と御用状が各地の代官あてに出るのである。篤太夫が大坂河口の代官所へ出向いて、交渉すると、

「委細、心得ましたが、備中の方が先に出来まするると、大坂方面を取りまとめるのも容易かと思われます」

と挨拶した。

後で考えると、これは、他所《よそ》を先にやらせて自分の方はめんどうなことは逃げようという魂胆から出た巧妙な辞令だったのだが、篤太夫はまだ、この種類の出先役人の常套《じょうとう》手段に慣れていなかったので、正直にそれもそうだと思って、遠方の備中を先にすることにした。

西国《さいごく》街道は春で、どこへ行っても桜が咲いていたし、瀬戸内の海は霞《かすみ》の奥に睡《ねむ》ったように穏やかであった。この方面は篤太夫は初めて出て来たのである。それも、供を付け長棒の駕籠で続ける旅だったから、愉快でないことはなかった。

しかし、人選御用の仕事が、やさしいものでないことは以前の経験から知っていた。

江原村に着いて、代官に会い、くわしく趣旨を説明して頼み込むと、ここでは代官の返事は次のようなものであった。

「いや私から申し付けますよりも村々の者を集めますから、お手前さまから直々《じきじき》にお申し渡し下さった方が宜《よろ》しかろうかと思われます」

次の日から、庄屋《しょうや》が付き添って各村の者が陣屋に出頭して来た。自分が父親の代理で郷里の岡部の陣屋に出て、小役人に罵《ののし》られて無念に思ったことを思い出すことであった。

その反対の位置に現在の篤太夫は立っている。集まって来た者が、なんの御用か、と不安そうに控えているのを見ると、彼らの心理が篤太夫にはよくわかるのである。

出来るだけ役人らしくなく、穏やかに、うちとけた話をするようにした。歩兵に取立てて、御奉公させるようにするから、次男三男で志のある者は申し出てもらえまいか？

出て来た者に、毎日、この話をした。噛《か》んで、ふくめるように親切に説きもすれば、国の危急の時だから進んで奉公してもらいたいと頼み込むように話してもみた。ところが、日が経ってみても一人として応募者が出て来ないのがまったく不思議なくらいであった。

前の関東の経験でもこんなことはなかったのである。その理由を知るのに苦しんだ。なにか、わけがあるのに違いない。関東の場合には、筑波の天狗党が人を集めたのが故障となったが、ここでもなにか特別の原因があるものと見てよい。

御用で出て来たものが、このまま空手で引揚げて帰るわけには行かないので、苦労であった。

普通の役人だったら苛立って強引《ごういん》に仕事を運ぼうとするところである。篤太夫は、気が気でないところを、反対にわざと気長に構えて、悠々と待つことにした。領内の人間に接近して、土地の人間の気ごころも知ってから考えてみようと思うのだった。

寺戸《てらど》村というところに阪谷希八郎《さかたにきはちろう》という学者が塾を開いていると聞いたので、酒を贈って、お訪ねしたいが、お会い下さるか、と丁寧に申し入れた。

阪谷氏は、村の子弟を教えているひとである。都から来た役人が、先生を訪ねて来たそうだと村の者は驚いたようである。篤太夫は人を驚かすつもりではなく、もとから学問を好んでいたので、こんな田舎に来ていて話相手が欲しかっただけなのである。

阪谷氏は立派なひとで、話してみると、お互の心持が通じ合って愉快であった。訪ねて行った次の日には、篤太夫の方から宿に、阪谷氏と主な弟子たちを招き、酒を出して、時事問題などを、青年のように熱心に論じ合った。

こんな気さくな態度は、普通、役人が見せることではなかった。

「私は、百姓でした」

と、隠さずに言う篤太夫を、阪谷氏の弟子たちは驚いて眺めた。

近くに剣術の師匠がいたのを、篤太夫がぶらりと訪ねたのも、この間のことであった。稽古着をつけ、面をかぶって手合せしてみると、篤太夫の方が強くて勝った。まぐれ勝ちではなく、江戸の千葉道場で修行して来た実力が、物を言ったのである。この剣道師範とも仲好《なかよ》くなって、よく一緒に酒を飲んだ。知りびとの輪はひろがって行った。四、五人の青年が訪ねて来て、

「渋沢先生、私どもに京都へお供させて下さいまし」

と、頼んで来るようになった。

篤太夫は、御用を他所に、相変らず悠々と暮していた。土地の名物の鯛網《たいあみ》をやらせて、舟を出し阪谷氏一門と詩を詠じて興を尽したこともある。

「渋沢先生。御趣旨に村方が応じないのは、御代官が陰《かげ》にまわって反対しているせいですよ」

こういう声が耳に入って来た。

呆《あき》れたことだが、これが真実のことであった。篤太夫が村びとに無造作に接近して行くのを代官が面白く思ってないように見えたのも、これがあったせいである。

別に性《たち》の悪い人間ではないようだが、大坂河口の代官が備中の方を先にやってくれと逃げたのと同じことで、新しい仕事はなるべく避けて、古い方式の範囲で無事でいたいというのが、前からの役人に共通した卑劣な希望なのであった。それと、もう一つは言うまでもなく、篤太夫のように新規に取り立てられた人間に対する反感である。

村々の庄屋を呼び出して、篤太夫が不誠意を責めてみると、彼らも困り切って、ようやく内情を訴えて出た。

「実は御代官様が、内々で私どもに仰せられますのには、一橋家も近ごろはだんだん山師が多くなって困る。そのために、これまでにはなかったためんどうなことを考え出して、いろいろと代官所にまで言って来るが、それを一々聞いていては領民の難儀になることで、ごもっともと答えて敬遠しておく方がよい。こんどの農兵募集のことでも、やがて京都から役人が下って見えようが、望む者がないことにすれば已《や》むを得ないのだから、そういうことにしておこうと、前々にお話がありましたので、旦那様がお見えになって御趣旨を承り、志願したい者も多勢おりましたが、なんとも、こちらからは申し上げられなかったのでございます。しかし、かようなことを申し上げたと御代官様に聞えましては、私どもが難儀致しまするから、なにとぞ御内聞にお願い申します る」

世の中には、不思議な裏があるものであった。

これで幕府は亡《ほろ》びるのだ。なによりも篤太夫は、こう感じた。国全体がどういうことになっていようが、世の中がどう変って来ていようが、自分だけの無事を願って動くまいとしている男たちが、珍しくなく、どこにもいることなのである。殊に、それが政治をする役人に多いのだから、世の中が行き詰るのも当然であろうが、また自分らが亡びるのを準備しているようなものであった。

「改めて、もう一度呼び出すから、それまでには、御用の人数を心配しておいてもらいたい。決して、お前たちの迷惑になるようなことはしない」

篤太夫は、ことを分けて、こう話して庄屋たちを引き取らせた。

庄屋たちも、篤太夫を役人としては型の違う新しい人と理解して来ていた。在来の役所の人たちにはなるべく敬遠して御無理ごもっともで来たので、代官から内々の話があったとき、悦《よろこ》んで同調したのだが、篤太夫を見ていると、平気で村の者たちとも、うちとけて話すし、気ごころがわかったのである。

代官は、一橋家にもだんだんと山師のような男がふえて来て迷惑すると口外したという。農家の出らしい野性を見せて嚇《おど》しつけてやってもよかったが、こんな生きながら化石したような旧弊人には別の説得の仕方があると、篤太夫は分別した。時世の風も通らず、生きていながら今とは別の生き方をしようなどとは、夢にも思わない人々なのであった。

「どうも、いくら説いても私の話が村方にわからぬようですな。私が行き届かぬせいに違いないから、明日から改めて呼び出して説諭しようと思います」

と、篤太夫は申し出た。

「ただ、お手前様にもお断りしておきたいのは、このたびの歩兵取り立ては、お上にも深い思召《おぼしめし》があって仰せ出されたことで、出来なかったと申して済むことでない。他所で出来て、なにゆえに、この土地で一人も応募して出ぬものか、私の責任上、十分にその理由を調べて、証拠を添えて復命申さねばなりませぬ。お手前様御支配の村々であるし、事によっては御迷惑を掛け、御身分柄にも及ぶこともないとは申せませぬ。そのへんをおふくみおき下さって、明日はお手前様からも村方の者どもに厳重にお話し下さるまいか？」

案のとおり、代官は狼狽《ろうばい》の色を見せた。事なかれだけを祈っている男には責任を問われ身分に響くような事情が起るのは、最も怖れていることであった。

困ったらしかったが、村方に対して前の言葉を暗に取り消して、改めて篤太夫に力添えしないと収拾《しゅうしゅう》がつかないことになるのである。

次の日、改めて、村びとたちが陣屋に集まって来ると、代官は、それまでとは手の裏を返したように熱心に、ひとりで喋《しゃべ》り、ひとりで説得に掛ってくれたので、可笑《おか》しく思いながら篤太夫は、口数すくなく、この喜劇が終るのを待っていればよかった。

庄屋たちは、篤太夫に約束したとおり、多数の応募者を準備してきていた。自分の説諭に効き目があり過ぎ、続々と志願者が出るので、代官は、とまどいした様子である。

「いや、このとおりです」

と、彼は誇り顔で篤太夫に挨拶した。

「御奉公大切なことは、手前もかねがね村方の者によく申し聞かせておりますので、その趣旨が多少行きわたっておりましたろうが……なにしろ、目出度《めでた》いことです。これだけの人数が進んで出てくれますとは！　実に意外でしたし、また……」

「いや、お力添えのお蔭《かげ》です」

と、篤太夫は礼を言った。

「明日もまたお願い申します」

代官は悦んで引受けてくれた。

備中だけで、二百余人の多勢の応募者を得た。村を出発するときには、代官と篤太夫とはこれまでとは別の関係のように親しくなっていた。代官の方から京都の様子など聞かせてくれと言い出すくらいの変化であった。

村塾、興譲館《こうじょうかん》の阪谷希八郎などは、最も別れを惜しんだ一人であった（後の阪谷芳郎《よしお》は、この、篤太夫が旅先で知合いになった村の儒者の実子なのである）。

帰って来て播磨《はりま》、摂津《せっつ》、和泉《いずみ》などにある領地に手を着けようとしてみると、代官たちの態度が以前とは変っていて、進んで協力してくれた。篤太夫が備中でこの仕事に成功したと伝えられていたので、代官たちは支配している土地で成績が上がらないと自分たちの面目に関わるからである。篤太夫は仕事を進めながら、昔からの役人たちの習性を知ることが出来た。実に動かない世界なのである。進んで行く時世と、どう調和して行くかをほとんど人間が考えようとしていない。ただ平凡な栄達と自分の地位を守ろうとしているだけなのである。

京都に帰って来て、喜作に会うと、篤太夫は笑って、自信が出来たと話した。百姓の生れを卑下することも、割引して考えることもないのだった。

「誠実に努めて働く人間だったら、素人出の者の方がいいようですよ。古い人たちは、みんな、体面以上のことは考えてない」

篤太夫が集めた人員は、全部で四百五十数人を算《かぞ》えた。慶喜も非常に悦んでくれて、特に呼び出して褒《ほ》めてくれた。この人数が上京して来ると、紫野《むらさきの》の大徳寺に集めて、専門の教師が歩兵の調練を始めた。篤太夫は調練には直接の関係はないが、世話係として自分が集めた人間が規律のある部隊行進をしているのを嬉《うれ》しく眺めた。

篤太夫の手腕は、この仕事に成功してから急に認められたらしかった。御用談所に付属して、身分もお目見得以上である。やはり古い気風の人たちばかりいる中に、潑剌《はつらつ》として若い性質が目立って、黒川などに重宝《ちょうほう》にされた。新しいことは命じても人がやりたがらないものだが、篤太夫は進んでこれに応じた。また自分の一家の工夫を凝らす性質もあって、意見を出すのである。これも、昔から士分で育って来た人間が、容易にしないことであった。古い世界では、それでよかったのである。

歩兵取り立てに、地方へ出ている間に、篤太夫は、各地の経済状態を実地に見ることが出来た。これは農家に生れ藍玉《あいだま》の商人に育って来た人間の眼《め》であった。その土地で取れる米を手で掬《すく》って見ても、品質がわかるのだから、ただの武士とは違うわけである。篤太夫から見ると、なすべき仕事はどこにも転がっていた。ただ、人がそれを考えないのである。

篤太夫は、驚きながら古い世界を見て来たのである。新しい方法を考えればよいので、それも極《ご》く簡単に出来ることが多かった。

「実際に、なにもかも抛《ほう》り出してあることだ」

一橋家では財政に苦しんでいる。それを多少なり緩和する方法は、目の前にあるのだが、局に当る者が気がついていないのである。領地播磨の年貢米《ねんぐまい》は兵庫で売捌《うりさば》いているが、品質のよい米だから灘《なだ》西の宮の酒造家にじかに売れば、値段も高く取引出来る。同じ土地で生産される白木綿も、取引の方法を改めれば、もっと、よく動くはずだし、備中で出る硝石《しょうせき》も需要があるのに埋もれたままでいる。これの製造をさかんにすれば新たに収入の道がつくのである。小さいことのようだが、頭を働かせれば、主家のためになるのだ。

この意見を出すと、黒川嘉兵衛は驚いたようであった。

「そんなことを考えて来たのか？」

と言って、

「くわしく説明を聞こうではないか？」

篤太夫が言いたいのは、民間の人間ならば、こんなことは、とっくにやっていたろうということであった。役人だから、睡《ねむ》ったように、なにもしないで来たのである。

米の問題を試みに手掛けて見ると、一石について五十銭ずつ高く取引出来た。その時代の五十銭は大きなものだったから、勘定方が悦んだ。その他の問題にも篤太夫が割り出した意見を用いてみて、成功した。篤太夫は、勘定組頭並《かんじょうくみがしらなみ》に任ぜられて、自由にこの新しい仕事を推進することになった。歩兵取り立ての仕事などよりも篤太夫には打ってつけの仕事だし、工夫する楽しみもあった。

これはまったく新しい仕事であった。勘定奉行やその他の役人が上にいるが、前例もなく不案内のことだから、口出しもならず篤太夫のすることを見ているだけである。

篤太夫は、成功を重ねて行った。不思議な男だと家中《かちゅう》の者から見られた。確かに、これは新しい型の男である。しかし篤太夫から言えば、難しいことでもなんでもなく、これが仕事であった。農家から出た自分に一番、適したことで、存分に働き得るのだ。

ただ、この間にも激流のように動く周囲の世界は、目まぐるしく動くのを止めていなかった。将軍家茂《いえもち》が死んで、慶喜が一橋家を出て、幕府を支配することになった。すると篤太夫も御家人《ごけにん》になるのであった。幕府を倒さなければ、天下の改革はないと現在も信じている男が、幕府の御家人として安心出来ることだろうか？

打ち込んで働いていた仕事からも切り離され、押し流されるまま、どこへ行くのか、自分にもわからなくなっていた。

前将軍の在世中から、幕府は長州に軍を出していた。篤太夫も、出陣することになって、御用人手付の役を命ぜられた。

人は目出度《めでた》いと言うが篤太夫は簡単にそう言い切れない。苦悩の心を混えた複雑な感情であった。世の中の勢いは自分の行きたくない方角へ動いている。

それと知っていて、彼一人の地位や力量では、抵抗出来ない上に自分も、その方角へ押し流されているのは明らかである。

その苦しさを打ち明ける相手は平岡円四郎のない後は、喜作だけであった。ふたりとも、最初から幕府を倒さねばならぬと信じて来た。その目的のためには、進取的な長州藩の力に頼るのが一番、近道だと考えて来たし、幕府から睨《にら》まれて自分たちの身辺が危うかったときにも長州へ逃げようと企てたほどであった。

「なんとしたものだろう。喜作さん」

と、真剣な顔色であった。

「長州を相手にいくさをしに出かけるようになろうとは、私も考えていなかった。第一、国内で、こんな戦争を始めて、好いときだろうか？　物事が狂い出して、なにもかも、思わない方向へ走り出したとしか考えられぬ。こういうときは、真面目に働けば働くほど、自分の心持とは反対の仕事をしているわけになる」

喜作も同じ意見であった。

「天狗党を御処分になった時分から、世の中が狂って来たのだな。もう誰が出て、どう出来るというのでない。手違いの上に手違いが積み重なって来たのだ」

「慶喜公が、もとのままでいらしって下さったら、こうはならなかったろう。将軍家なんて、確かにこれがよいと思召《おぼしめ》されても御自分の意志を立て貫くわけに行かぬものなのだ。実にお気の毒なものなのだ。そういう方を神輿《みこし》に担いで、多勢が揉んで歩いている。どこへ暴れ込むか誰も知らないのだ」

内心、篤太夫は、自分たち新参の者の働きで、政治も変化させ、幾分か世の中も改まって来るものと、気負って考えて来た。勘定組頭として思う仕事を気持よくしていた間などは、郷里から妻子を呼び寄せて、落着いてさらに御奉公を励みたいと思い立ったくらいなのである。

誠実な、その希望も簡単に覆《くつがえ》された。

「戦争なんて仕事は私に向かない。それア人並の働きは、やれば出来るだろうが、私は百姓の出だ。殖産のことを考えさせておいてもらいたかった。いまになって見れば、農兵取り立てにまわったことなど、私の気持とは反対の結果になってしまった。実に落胆させられた」

世の中のためをと計った誠実な意図を、世間の方から背《そむ》かれた。若々しい野心は傷ついていた。無力を自覚して苦しんだ。退きたいとも考えた。無力を感じながら、なにかの地位に居残ることは、正直な人間には、つらいことなのである。

一橋家ではお目見得以上で、主人の前に出て意見を述べることも許されたが、主人が天下の将軍となってからは、距離は急に遠ざかった。御家人格の篤太夫の声などは、もう慶喜の耳には、とどかない。

慶喜の人柄にも触れ、聡明《そうめい》なひとと敬愛を感じて来ていただけに篤太夫の失望は大きかった。一橋家だから、成上りの新人も用いられたのだが幕府のような大世帯は古い人間が幅を利かして新しい者を疎外する世界であった。篤太夫は、無用となった人間である。

「それでいて、扶持《ふち》だけもらっていられるのだ、喜作さん」

と、自分をあわれむように笑った。

思い切って、もとの浪人の境涯に戻るか、郷里の家の妻子のところへ帰るかとも思案してみた。だが、その決断もつかない。働く地位にいないと、なにも出来ないぞ、と平岡円四郎から聞かされた言葉が頭に残っていた。それと、篤太夫は辛抱強かった。百姓家に生れたことから得た賜物《たまもの》に違いない。

「待つことだ」

急ぐことに失敗の多いのは、攘夷《じょうい》熱に酔っていた自分の過去が証明している。近くの天狗党の壊滅がそれであった。一橋家に用いられて一時の成功に、多少、有頂天《うちょうてん》になっていた点も反省する必要がある。人の世の中がそう甘いものでないと、いまになってから思い知らされているのである。

世の中を暗いものと決めてしまうのも確かに自分から出る速断であろう。暗い時もあれば明るい時もある。その明暗を分つ光は、自分の心から出ていると見たらどうだ？鬱々と暮している間に、篤太夫はこう考えるようになった。

夜の闇の中にいる者が急いだところで、朝が急に来るものでなかった。しかし、人間は物の見ようで、闇の中に沈められていても、自分の心の中に明るく灯《あかり》をともしていることが出来る。心の輝きで、あたりまで明るくして見せることも可能ではないか？

出来る仕事から、とは、前にも反省したことであった。いつになっても、何事も新しく始める覚悟でいること。改めて、こう思い立ったとき、あたりが明るくなったようであった。そうなんだ。このへんで老いぼれたら、旧弊な連中と同じように、人間として化石してしまうことなのだ。出来たと考えたのが間違いだった。まだ俺は出来かけている人間なのだ。年齢だって幾つになったというのだろう。

長州征伐は思わしく運ばず、幕府が出兵を命じた諸藩が動かなかった上に、小倉口《こくらぐち》を攻撃していた幕府軍が手きびしく敗北したので、将軍の代替りを機会に和議を進めることになった。底冷えのする冬が京都を訪れ始めた。

篤太夫も好まない戦地に出かけずに済んだが、相変らず無為にしている。ひところのように銷沈《しょうちん》はしていないが、やはり春を待っているような気持でいる。十一月二十九日のことであった。慶喜の用人の原市之進から珍しく、

「話があるから来てくれ」

と、迎いが来た。

なにも期待していなかったが、出かけて行くと、

「藪《やぶ》から棒が出るような話で驚くだろうが、あんた、フランスへ行ってくれぬか？」

と、原が言い出した。

「どこへと仰せられます？」

こう問い返した。

篤太夫は、我が耳を疑っていたし、フランスが外国の名前だということも、まだ頭に浮んで来なかった。

原が、改めてこう言い聞かせたとき篤太夫は石になったように無言のままでいた。その間に、頰に血がのぼって来て、赤くなって来たのがわかった。

「いや、フランス公使のロッシュから御公儀に申入れがあって、明年、巴里《パリ》で世界中の国々から商品を出させて、大きな見本市が催されるから、我が国からも進んで出品し、将軍の御連枝《ごれんし》のどなたかにフランスまでおいで願いたいと申すのだ」

まだ夢のような心持でいたが、篤太夫は話を聞いているうちに、全身が熱くなって来ていた。

「フランスまで」

「さようさ」

と、原は、厳粛な様子で頷《うなず》いて見せた。

「承知しているだろうが、フランス公使には、御公儀がいろいろと世話を掛けている間柄だし、両国の仲を向後も円満にして行くのには、先方の申入れを拒むのでは面白くない、とあって、御評定の末に、清水《しみず》様を御差遣《ごさけん》になることになった。ところが、やはり水戸あたりでは反対も強い。それを押し切って、お出まし願うのだがお供の人選が難儀で、いろいろと話があったが、その中にお手前を加えてはと、上様《うえさま》から仰せ出された」

篤太夫は、あっと思った。目も自然と輝き出るような具合だった。

「フランス国だ」

「両国の交誼《こうぎ》を厚くするのが目的だから外国奉行もお付添《つきそい》としてお供するが、この機会に有能な若い者に外を見させ、勉強もさせたいとの思召で、篤太夫など、いかがかと仰せられたのだから、お手前もお受けするように」

原市之進が、巴里に大見本市があると言ったのは、フランス政府が企画した万国博覧会のことであった。それがどんなものか、篤太夫にも全然、見当がつかなかった。篤太夫が聴いたのは、自分に外国へ行けということである。原の前を退いて外に出てからも、気が顚倒《てんとう》していた。自分に尋ねたかった。

「ほんとうか？」

だが、彼は、畏《かしこま》りましたと答えて出て来たのである。それならば彼は、実際に、フランスへ行くことになったのだ。

なんということだろう？

時雨《しぐれ》気味の、空の曇った冷たい日であった。夢中で篤太夫は外を歩いていた。真直《まっす》ぐに屋敷へ帰るところを、そんな気になれず、どこへ行くという見当もなく歩き続けた。

いい、むしこ造りの建物がひっそりと並んだ裏町である。少し賑《にぎ》やかな辻《つじ》に出ると、人を避けるようにして、静かな裏町の方へ道をそれた。

（大変なことになってしまった）

溜息《ためいき》までした。

だが、だんだんと、つつみ切れぬ悦《よろこ》びが胸に溢《あふ》れて来ていた。処置がつかないような思いである。

運が変った。この感慨もある。まったく不案内の世界へ、俺は出て行くのだ。そして、それは自分のために実によいことなのだ。不安はある。少し前まで、自分があれだけ嫌った毛唐人《けとうじん》の世界なのだ。言葉が出来ないのだから、どうなることかもわからぬ。口をきかずに過ごせるものか、どうか？

いや、見て来るだけでもよいのだ。

高崎城に焼討ちをかけてから横浜に乗り込んで異人を叩《たた》き斬る計画に酔っていたころ、篤太夫はまだ自分の目で異人を見たことがなかった。その後兵庫《ひょうご》で初めて、異人の実物が歩いているのを見たが、こんどは、ああいう人間ばかりいる国へ自分が出かけるのだから、大変なことになったものだ。

またしても溜息が出た。

「そうだ、見て来るのだ！　それだけでも勉強になる。画《え》に描いたものでなく、実地に、あの連中の国を見て来るのだ」

興奮はやまなかった。誰かをつかまえて、相談したかった。すぐに従兄の渋沢喜作のことを考えたのだが、あいにくと喜作は江戸に出ていて、いないのが残念であった。

それにしても、打ち込んでやりたい仕事もなく、自分も面白くなかったものが、どう取り組んでよいかわからぬ新しい境遇に不意と入ることになった。全力を傾けて向ってよい仕事である。

篤太夫は意気込んで来た。わけのわからない国へ行くところが楽しい。まるで見当がつかないところに、勇気をそそるものがある。

「行くのだ。出かけてみることだ。なにもかもそれから始まる。それでいいんだとも」

慶喜が自分を記憶していてくれたことも篤太夫には有難く思われた。天下の将軍家となってからは距離も遠ざかっていたし、自分のことなど忘れてしまっているものと思い込んでいたのである。

将軍の名代《みようだい》となってフランスへ行くことになった徳川昭武《あきたけ》は、慶喜の弟で、清水家に入った青年であった。烈公の息子だけに自然と水戸の人間が、供の中に有力な地位を占める。これは忠義だけれども頑固な連中ばかりだから、判断の偏《かたよ》らない理解のひろい人間を誰か付けてやりたいが、それは渋沢篤太夫がどうか。篤太夫ならば勘定にも明るいから、会計その他の世話役をさせて間違いなかろう、と話に出たというのであった。

十二月になると辞令が出て、清水昭武に付き、勘定格に進められた。江戸に出ていた渋沢喜作が知らせを聞いて驚いて飛んで帰って来たのは篤太夫が出発の準備にいそがしい最中であった。

「大変なことになったじゃないか？」

と言うのが、この従兄の最初の挨拶であった。

「そうなんだ」

と、篤太夫も答えた。

「まったく、支度をしろと言われても、なにをしてよいか、わからないのだよ」

「だが、いいことだよ」

喜作が心から悦んでくれていた。

「まったく目出度い。だが、栄二さんが異人の国へ出かけるとはね？」

「そうなんだ。ほんとうに、そうなんだ」

篤太夫は目をうるませていた。

「異人館へ斬り込む料簡でいた人間だからね。まったく、思いがけない。それで、なにを着て行くのかと思ってね。ひとが横浜で買って来たこんなものを譲ってもらったのだ」

篤太夫が、こう言って出して見せたのは黒羅紗《らしゃ》の洋服らしいものであった。後になって古い燕尾服《えんびふく》と判明したが、洋服を持っているものがあると聞いて、あわてて買い取ったので上着だけでズボンもチョッキも付いてなかったのを、ふたりともまだ気がついていなかった。

「へええ、これが異人が着るものか？」

「そうなんだ」

嬉《うれ》しそうである。

「背の高い異人のものにしては短いようだな」

と、喜作が批評したが、篤太夫は満足し切っていた。

「私には、ちょうど、身丈《みたけ》が合うらしい」

「尻尾が付いてるみたいだぜ。これを栄二さんが着るのか？　驚いた」

「いや、私も驚いた」

「それで、やはり黒船に乗って出かけるのだね」

「そうなのだ。神戸から横浜へ行って、フランス船へ乗り込むのだそうだ。どんなことになるのかしらん」

「だが、これは可笑《おか》しいよ」

と、喜作が言い出した。

「錦絵《にしきえ》で見る毛唐人は、こういう服の下に、両脚の分れたパッチのようなものをはいてるだろう」

篤太夫も首をひねって考えていたが、

「そうかもしれない」

と、おとなしく答えた。

「けれど、売ってくれた男は、これだけしか持っていなかった。足りないものがあったら、後で買って揃《そろ》えるだけだ。どうせ、神戸や横浜へ行くのだから」

「他の人たちも異人の服を着て出かけるのか？」

喜作は、急に、この疑問を提出した。

「ちょっと考えられないことだ」

「いや、私だって日本を出るときは、こんな猿《さる》のような変な恰好《かっこう》をして行けないよ。むろん、紋服に袴《はかま》をつけて出掛けるのだろう。お上を始め、他の人たちも、皆、そうだろうと思う。とにかく、まるで見当がつかない。郷《ごう》に入れば郷に従えで、この服だって、あとになって入用になると思ったから買ったのだ」

どうやら篤太夫も自信を失《な》くして来たらしい様子であった。

「そうだね。下ばきがないのは可笑しいな」

と呟《つぶや》いて、

「なアに、行って実地を見ればどんなものかわかる。とにかく万事、見ることから始まるのだ」

見ることは篤太夫にとっては、それを生きることであった。考えれば、それを教えてくれたのも平岡円四郎なのだが、世間知らずで、攘夷論一点ばりだったものが、世の中に出てだんだんと理解を深めて来たのも、誠実に謙虚に物を見ることから始められたのである。自分の好き嫌いから言えば、現在でも篤太夫は、異人嫌いだし異国嫌いである。しかし自分たちの世界のほかに異人が作った世界が在って、その消息については自分がまったく無知なのは、この奇妙な形をした燕尾服が証明してくれているのだった。

「そうだなあ。少し気が早くて、よけいな物を買ってしまったのかね」

と、自分から笑い出した。

だが、この失敗も、自分が少しでも早く異人の世界の切れ端《はし》にでも触れようとしていた結果だと思えば悪くはない。心は素直にその方面に向っていたのだ。前には毛嫌いして、焼討ちをかけ外国人と見たら殺してやれとまで思い詰めていた男が、こうして手さぐりするような危ない形にしろ、相手の世界に近寄り、どんなものか知ろうと思い立っていたのである。

これは明白に、人間としても篤太夫の前進であった。感情の上では反対の世界を自分の目で見て確かめようとしていた。

民部《みんぶ》公子《こうし》（昭武）一行は、神戸から日本船長鯨丸《ちょうげいまる》で横浜に向い、ここでフランス汽船に乗り換えて、日本を離れた。

慶応《けいおう》三年正月十一日の出帆である。同じ年のうちに幕府が大政を奉還し、翌年の正月に鳥羽《とば》伏見《ふしみ》の戦争があり江戸城が明渡しになるような、革命的な変動が留守中に起ることなどは一行中の誰も予期しなかったことである。

幕府が外国に使節を派遣したのは、これまでに数回あったが民部公子のような身分の高いひとが将軍の名代として出かけるのは最初のことだったから、見送りで賑わったのは当然である。

郵船アルヘー号に乗り込んだ一行は、日本風の服装で、長短の刀を腰につけていた。供の者は幕府の外国奉行向山隼人正《むこうやまはやとのしょう》、作事奉行格《さくじぶぎょうかく》で小姓頭取《こしょうとうどり》を兼ねた山高石見守《いわみのかみ》以下二十八名である。外国旅行に慣れない一行のためにフランス側からは長崎の総領事ジュレーが案内役として付き添って行くことになった。一行は仕立屋と髪結いを供の中に加えるのも忘れなかった。男手ばかりだから道中不自由と考えたのである。

鎖国の過去を持っている日本人には、外国へ出るのは、大事件だったし、殊に大海の上を行くことで不安に思う者が多かった。民部公子に小姓として供をする者は古くから攘夷論の中心となって来た水戸武士ばかりである。出帆に際して、この人たちは、自《おのずか》ら悲壮な顔色を見せた。生きて帰れまいと考えたようである。

郷里の両親や妻子に別れを告げる暇《ひま》もなく出て行くことで、篤太夫がいろいろと感慨が動いたのは、船が沖に出て、港が遠ざかってからであった。

が、ついに出て来た、と思う心もあった。船には、会津藩と唐津《からつ》藩からフランスへ留学を許された三人の若い武士が乗っていた。これは、民部公子のお供の一行と違って、比較的、責任も軽い地位で離れてつつましくしていたが、前途に希望だけを感じているらしい明るい様子が目立っていた。

その一人が連れに向って、

「出てしまえば、こっちのものだよ」

と、無邪気に口走ったのを聞いて篤太夫は思わず微笑した。

その若者は、篤太夫に聞かれたと気がついて顔を赧《あか》らめていた。

篤太夫は無言でいたが、心の中でその若者の言い分を認めているのだった。目がまわるようないそがしさや前途の不安は、出発までのことであった。船が陸地を離れると早くも外国人ばかりの中に入ってしまったような感じで、民部公子の一行は船室に籠《こも》って窮屈にしている者が多い。地位といい、年配からいっても、この若者たちのように自由な気分ではいられないらしかった。

# 異国

船内は、もはや、日本ではなかった。甲板《かんぱん》で篤太夫の目の前を歩いているのは異人《いじん》である。もと自分が焼討ちをかけて一人も残さず斬り殺す決心でいた相手が、立話しした り散歩に歩いているわけである。

その動作や血色の好い顔色を、篤太夫は眺めている。なにを言っているのか、てんで意味のわからない話し声を聞いている。

その中に、横浜の英国領事館の通訳だったシーボルトという異人が驚くほど日本語が上手だったので、一行のために通弁《つうべん》の仕事をしてくれるし、不案内な点を親切に説明する役に立ってくれた。篤太夫は、夷狄《いてき》と信じて来た者たちが揃《そろ》って、行儀がよくて服装も清潔だし、人に親切を忘れない用意があるのを見とどけた。

これは自分たちが船に取っては客で、また民部公子のような高い身分のひとを中心にした人数のせいかと信じたが、どうも、それればかりではないようであった。自分たちが志士として異人に向けて決めて来た態度を振返って考えると、羞《はず》かしくて顔が赤くなりそうである。

清潔といえば、船の中の掃除が実によく行きとどいていた。塵《ちり》など、見つけようとしても見当らない。金具など、毎日、水夫が手間をかけて磨《みが》いている。特別の事として努めているのではなく、日課なのだから、丁寧なことだと感服するのである。

食堂にも一行は簡単に驚いた。腰かけてターブルという机を囲んで食事するのだが、布も食器も清らかであった。

食物は、シーボルトから一々説明してもらってから、おそるおそる手を出したが、篤太夫は最初から素直に、うまいと感じた。

砂糖を入れた茶、パン菓子、豚の塩漬が朝食である。牛の乳をかためたのをパンに塗って食べる。その後で、蜜柑《みかん》、葡萄《ぶどう》、梨子《なし》など種々な果物を大皿に盛り上げて来て、好きなものを取って食えるようにしてある。

昼の食事、晩の食事は葡萄酒も出て、料理も魚だの肉だの種類も多く実に豊富であった。日本人の生活から考えると贅沢《ぜいたく》だし多すぎて迷惑するくらいである。カッフェーと称する豆を煎じた湯を出して、砂糖と牛乳を混ぜて飲ませた。

威厳を作って、船内を歩くのにも不機嫌なような顔付でいた武士たちも、覚悟して来たとは違う待遇だと気がついて来たらしかった。油断は出来ないと警戒することだけは忘れないのだが何事もお上の御威光で、こう鄭重《ていちょう》にしてくれるのだろうと話に出た。

篤太夫は、新しい経験を虚心に素直に受けるつもりでいる。病人が出たとき、すぐに船医が来て親切に手当てしてくれたのも見た。

「人生を養う厚き、感ずるに堪えたり」

と、日記に書いた。

なにを見ても目新しかった。実地に見るというのは大きいことである。見れば、こうすればよいのだと気がつくことかもしれぬが、確かに西洋人は活動的にそれを処理してしまっているのだ。怠りのないせいである。上海《シャンハイ》に上陸して初めて見た電信や瓦斯燈《ガスとう》も、在るものだけに満足しないでさらに新しい工夫を凝らそうとする精神の働きから生れたもののように見えた。篤太夫は街の瓦斯燈を見て、地面の下で石炭を焚《た》いて、灯《あかり》をつけているのだと思い込んだ。

東洋と西洋との対照は、この上海の町にすでに現れていた。白人が造った町は道路も広く、相変らず清潔で整頓されている。町なかに街路樹を植えてあるのも、不思議なことをしたものだと感服した。

支那人の町は、衣類の背に護兵という文字を印した兵卒が立番している城門の中に在って、往来の道幅が狭い上に、両側の家の簷《のき》が低く、ひどく混雑していたし不潔であった。路《みち》は石を敷いてあるが捨て水のはけが悪く水たまりが出来ている上に、芥《ごみ》なども捨ててある。牛豚鶏などの肉や食物を、平気でその場所に並べて商《あきな》っている。なんともいえない臭気であった。往来の空にも看板を横に渡してあるのが篤太夫には珍しく思われた。乞食はどこにもいて、しつこく付きまとって来て煩《わずら》わしかった。

古美術品や書画を売っている店を見つけて、文字では本家の国と思って、入って見たが、これと思うものは見当らない。筆墨を売る店にも入った。これから西洋へ行ってしまえば手に入らないと気がついて多少買物をすると手拭《てぬぐい》を熱湯でしぼったのを出して来た。なにをするのかと思って尋ねると、顔を拭くのだと手真似《てまね》入りで教えてくれた。

寺があったので入って見ると、絵馬堂のようなものがあったり、池に橋を渡し、中にある島に小さい堂があったりして、日本のものに似ていたが、境内はさかり場になっていて覗《のぞ》き見世物や売卜者《ばいぼくしゃ》、曲芸の店、露天の料理屋などが並んでいて、耳が聾《つんぼ》になりそうに客を呼んでいる。人で、ごった返しているのである。縁日かと思って案内者に尋ねると、そうでなく毎日こんなに賑《にぎ》やかなのだと自慢そうに話した。市中のどこへ行っても蠅《はえ》のように人間が集まって来て、一行を取り囲んで歩けなくなるくらいであった。

城外の白人の町だと、すぐに英国人やフランスの兵隊が駆けつけて来て、群衆を追い払い道をあけてくれた。西洋人が支那人の人夫を使っているのを見たが、まるで牛馬を扱うように乱暴で、鞭《むち》で打っているのを見たこともあった。同じ東洋人として篤太夫は見るに堪えないように思った。

香港《ホンコン》にもアルヘー号は寄った。ここは以前は岩山ばかりの荒れた一漁島だったものが、英国領となってからにわかに山を開き海を埋めて、現在見るような大都市となったのだと聞かされた。

山手の人家は西洋風だった。造幣局《ぞうへいきょく》、新聞社、病院など、どれも生れて初めて見る施設を篤太夫は教えられた。

階段状に町が山に上って築かれているのも、窮屈な土地に向ってほしいままに施した人間の意欲を力強く示したものと思われた。

「日本人だったら、こんな無理をしようとは考えない」

それだけの威力が心にないのか？　とにかく西洋人のすることは烈《はげ》しい性質が目立っていた。岩山にも海にも挑んで、天然の形を破壊して、思う存分の街を築き上げる。香港は気候の暑い土地であった。そこに樹木を繁《しげ》らせ、往来に日蔽《ひお》いをして歩いても涼しいようにしてあるのも人工の力なのである。ここでも支那人の町を見たが、東西の差別は、いよいよ明白であった。

篤太夫は、ここで漢文の新聞の出ているのを知った。漢文ならば彼は読むことが出来る。週刊新聞であったが、手に入れて見て、記事のくわしいのに驚くばかりであった。

「確かになにを見ても大したものだ」

と、連れと話し合った。

「根本から、やり方が違うのだ」

まだ漠然と受けただけの印象の中にすでにこう感じさせるものがあった。日本人が考えずにいることを彼らは積極的に推進している。日本人ならば、この程度でよいと思い止まるだろうし、また最初から成るべく現状のままで置こうとするところを、強引に変えて行く性質が目立っている。それも、いろいろの学問の研究に照らして、実用の面に活用しているのは明らかであった。また支那人も一緒だろうと思うが、日本人が学問と信じているものには、こういう実用的な方面の研究はほとんどないと言ってよい。学問というものの考え方扱い方からして違うようなのである。

一行は、英国の監獄も見て、囚人がただ押し込められているだけでなく、外にいるのと同じように職業に応じて仕事をして働いているのを見て驚いた。説法を聴かせ前非を悔い本心に帰るようにする場所まであったのも、親切なことだと感心した。実際の話が、日本の牢屋《ろうや》では、そこまでは考えてない。悪事を犯した人間を処罰するだけで、それから先のことはなにも考えてやってない。ここにも西洋人の物の見方は先に進んでいるし、罪人にまで親切のようである。学ぶところは確かにあった。それも、根本から東西の考え方に相違があるように思われる。

「とにかく、日本にいて知らずにいる間に、外では、いろいろなことが始まっていたのだ」

篤太夫は、こう思った。

船は、熱帯近くの海に来た。陸の影を遠くに見ていることもあるが、海ばかり眺めて航海を続ける日もある。船の中の生活にもようやく慣れて来た一行は、甲板を散歩したり、集まって詩作に興じることもあった。

「こうしていると、日本にいるのも同じじゃないか?」

こう言い出す者もあった。

しかし、日本を離れて、まだ半月ばかりで行く先は、まだ遠いのに、篤太夫などは急にいろいろの経験をして、頭の整理がつかないような気持であった。海ばかり見て、なにもすることもなく頭の中の影だけ追っていると、やはり離れて来た故国のことが浮んで来がちであった。

毎日、汐風《しおかぜ》と日光にさらされているせいか、船の旅は、物を考える力をにぶらせるものらしかった。強く追究する気力が弱まっているようである。しかし、日本人が現在のままで、国内で争っているだけでは、将来どうにもならないことは、これまで見て来た限りでもすでに明白のように感じられた。

(新しいものを頭から嫌っているのでは、いけない)

篤太夫は、自分の過去を振返って見て、つくづくと、こう思った。

(西洋人が理詰めに動いていることは確かだ。それゆえ、踏む筋道だけは間違わない。

おれたちの動き方は、これと反対の嫌いがある。理性よりも感情だ。相手を嫌うとしたら、嫌う理由からまずよく究明して、それが当っているかどうか調べて掛らぬと間違うのだが、おれたちはそうしなかった。その間に、西洋人はまったく別の文明を開いて、東洋の奥まで持ち込んで来てしまっている）

日除《ひよけ》の布を張った甲板に立って海を見ながら、こんなことを篤太夫は考えている。

（取るのも捨てるのも相手を知ってからのことなのだ。自分が嫌うものほど、理解しようと努めない限り足が前に出ない。嫌うものを出来るだけ理解して行くようにしたら、それだけ人間の働きが拡《ひろ》がるのだし生きる力も強くなるのだ。やはり島国根性だったのだろうか？　井の中の蛙《かわず》、大海を知らずとは、まことにこのことだったのだ）

過去の自分が信念に忠実だったとは言えるつもりだ。現在でも成敗を問わず人間として誠実で貫こうとする覚悟には変りがない。ただ自分たちがいかにも自分の立場や信念にだけ盲目に拘《こだ》わっていて他を考えなかったのが国の政治の上でも人間の生活の上でも、一種の行き止りに来て、世態が帰するところも知らず混沌《こんとん》としている原因の一つのように考えられた。

道はありそうである。その希望を篤太夫は胸に感じていられる。

フランスへ着くまで五十日ばかりの長い旅であった。

スエズ運河は工事中で、その間を一行は汽車に乗って通ったから、広大な陸地に運河を造ってスエズと地中海をつなごうとしている大工事を汽車の窓から眺めたのであった。大砂漠《さばく》の中にテントを張りつらね、無数の人夫が土を運んでいるありさまは壮観であった。

「まだ、あと三、四年はかかるそうです」

と、シーボルトが説明してくれた。

「だが、この大運河が出来上ると、ヨーロッパとの距離は、ずっと短くなるから、世界中の人のためになることです」

地図を見て、篤太夫は、工事の規模が大きいのを理解した。

「人間を運ぶだけでなく、東西の貨物を船に積んだまま通せるのですから、非常に便利になるわけです。運賃がかからないから、品物の代金も、これまでよりもずっと廉《やす》くなる」

誰が考え出したのか、人間に不相応な、まるで夢のように思われることが、やはり計算から出ていて、着実に実現されて行くのだった。それも、個人の利益を計って考え出したことでなく、人間全体の幸福を目標にして企てられている点に篤太夫は感服するのであった。

工事の起されている場所を過ぎると、外は大砂漠で、駱駝《らくだ》に荷を積んだ隊商を時折見かけるだけである。未開の土地もあるものだと皆で話し合った。が、思えば、その場所に終日走って三日も四日も掛る長い鉄路を西洋人は敷いてしまったのである。その上にまた、大運河を開こうとしているのだった。一つの階段を昇ってしまうと、また次の階段を築き上げて、もう一段上へ出ようと試みるのだ。一行が向おうとしているフランスは、そうした知恵と勇気のある西洋文明の粋を集めた国だと聞いている。

長い地中海の旅を終えて、汽船がマルセイユの港に入ったのは二月二十九日の朝であった。陸にある砲台が一行を歓迎して祝砲を一度に海上に轟《とどろ》かせたのは、壮観であった。

市長がランチで迎いに来て、すぐに陸に案内した。

一行のために馬車が準備してあったし、儀仗兵《ぎじょうへい》として派手な服装をした騎兵隊が待っていて、ホテルまで行列の前と後を護衛して行進を起した。船から上がったばかりに歓迎の渦の中に投げ込まれたのである。

「ここが、フランスなのか？」

と、篤太夫は馬車の上で考えて見た。引きまわされているばかりで、ゆっくりと街を見る間《ま》もなく、どこへ連れて行かれるのかも知らない。太陽暦では四月三日のことであった。国は異なるが、やはり風に春が匂っていた。

汽車を巴里《パリ》の停車場に降りたのは、マルセイユ上陸から一週間ばかり経《た》ってからで、途中でツーロンの軍港を見たり、リオンに寄ったりして来たせいで多少は物に慣れて来ていた。

ツーロンでは軍艦を見学して大砲を射つところを見たり、製鉄所、鎔鉱炉《ようこうろ》、反射炉などを見てまわった。珍しいと感じたのは、潜水夫が海底に沈んで作業するのを見たことである。小規模な観兵式も見た。学校も見た。見ることばかりである。疲れているが案内されて行けば、やはり感心する。なにもかも目新しいからである。

それに、やはり整頓と組織とが強く感じられた。ひとりでやっているのでなく、人間が集まって協力して働いているのである。その性質では特に軍隊が目立っていた。号令一つで大部隊が手足のようにいっせいに動くなど、まだ日本にはないことである。日本の武士は、個人が勝手に動くのである。水戸から来た武士たちは烈公が集団的な調練を取り入れたので多少心得があるつもりで見学したが、これは全く別種のものであった。

織物の町のリオンでは、この町だけで七千人の織工が働いていると聞いて驚いた。

「七千人とは嘘《うそ》だろう」

と、誰か言い出した。

「それでは、町の人間が皆、織工の仕事をしているのか?」

そんな機械化された大工場の組織は日本から来た人間にはまだ信じられないことだった。若いときに藍玉を商って来た篤太夫だけは、自分が上州信州と歩きまわって藍を集め加工して売り出したことで、これは日本では地方に散らばっているのを一ヵ所の仕事場に集めて歩く無駄を省き、仕事の能率をよくしているのだと、大凡《おおよそ》の見当がついた。

製糸場を見ても紡織場を見ても器械を動かして大がかりなのに感心した。日本では、まだ農家の家内工業なのに、ここではまったく組織が違うのである。

これだけ大がかりで造った夥《おびただ》しい製品をどこへ売るのか、と不思議に思って尋《き》くと、フランス国内だけでなく外国にまで送っていると聞かされた。桁《けた》が違う話であった。行商人が風呂敷にくるんで田舎道を背負って歩く国と、汽車や汽船で大量に運ぶ国との相違である。

「日本はこれから何から始めたらいいというのだろう?」

紡織機がいっせいに動いている中に立って篤太夫は、ひとりで、こう考えて見た。巴里に向う汽車の中で、フランスにも無限に広い田舎があり、春らしく野の花が咲いている中に人が野良《のら》に出て働いているのを見て、これは日本と同じだと、なんとなく、心を慰められるようにほっと感じたくらいである。その他のことは、あまりに違い過ぎた。

その野の花の名は、なんと呼ぶものか知らない。走っている汽車の窓から見ているのだが、血のように紅《あか》い花や紫色のがあった。田舎の土地はどこへ行っても、よく畑が耕されているし、豊《ゆた》からしく見えた。どこの町や村にも目立つのは、お寺の建物である。無論、日本の寺とは形が違うが、村里の暮しは似たもののように思われて、眺めていてなつかしい。これは篤太夫が農村育ちの人間だったせいであろう。郷里の村にも、冬のからっ風が終って春が来ていることと思われて、目もうるんで来るようである。

「なにも我々は、感心ばかりしに外国へお供して来たわけでなかろう」

こういう声が聞えた。

「お上にお間違いがなければよいのだ。ああ御無理を願って何から何まで御覧に入れようとするのは自国の文明を誇示するだけで無礼なことと考えぬのだろうか？」

「まあ、そう申すな」

「いや、御迷惑なことなのだ。御遠慮申し上げるのが当然じゃ。そう感心ばかりしているわけにはまいらぬ」

頑固な人たちは、やはりいた。篤太夫も予期していたことであった。だが、他人がどう考えようがおのれの見方をしようと決めている。日一日と、出て来てよかった、と思うようになっていた。肥沃《ひよく》な麦畑の空に、春らしい雲が浮んでいるのを見ても楽しい。踏切《ふみきり》のところに立って汽車が通るのを見送っている粗末な服の農夫が、他の都会で見て来たのと同じ白人種なのも、不思議はないにしろ、ひとりで微笑を感じることであった。

（フランスにもお百姓がいる）

その事実だけで、人間として親しみが湧いて来る。以前に、夷狄と思って憎しみを抱いていた自分としては、たいそうもない変化なのだ。

「どうも、さっきから注意して見ていたが、田圃《たんぼ》がない」

と、連れの話し声がした。

「日本のように米は食わぬのだ」

と、別の男が答えた。

「それから、春だと申すのに、日本のように桜の花が咲いていないのは、つまらぬな」

と、いう声も出た。

「田舎は、どこも大したことがないようだな。都会だけが偏《かたよ》って開けているのかもしれぬ」

それとは反対に篤太夫は、日本の田舎と目の前に流れて行く田畑の様子とを比べて考えて、これまで見て来たフランスの都会の整頓された文明が、農村がゆたかな点に負っているように考えて来ていた。どこの畑も実に親切に手が入れてあるし、一見して農村の生計がしっかりした基盤に根を入れていると感じられるものであった。よく働く国民に違いないのである。


巴里の停車場には、外務書記官のカシヨンや領事のフロリヘラルドが一行を出迎えて、グランドホテルに入った。来るところまで来た、という感じでなんとなく落着いた気持である。

フランス側の談話を聞くと、外交上の公式の儀式は手続きもあって急なことでないから、旅の疲れもあろうし、ゆっくりおくつろぎ下さいという挨拶だったのも嬉しかった。

二日ばかりホテルに閉じこもって休息を取る間に、洋服屋を呼んで一同で初めて服を作ることにした。

これまでの経験でも、一行の純日本風の服装は町に出ると目立ち過ぎて、人だかりがして迷惑だったので国粋的な水戸から来た武士たちまでが、

「郷《ごう》に入れば郷に従えか？」

と、苦笑したり、てれながら、順に洋服屋の前に立って、寸法を取らせた。服の形などは、すべて向うまかせである。いろいろの型を画《え》に描いて見せた本を見せられたところで、どれがよいのか区別も見当もつかない。篤太夫は、京都で買った端物《はもの》の古い燕尾《えんび》服《ふく》のことを、ひそかに思い出して、それらしい服を着ている男の姿を、本の中で見つけた。帽子だの、ズボンだの、チョッキだの、篤太夫が知らなかったものを着込んで、美《び》髯《ぜん》を生やした紳士が胸を反《そ》らし威儀を作って立っている画であった。

「フランスの成人男子は、髯《ひげ》をたくわえる習慣らしいな」

日本人の一行は、揃って無髯《むぜん》なのである。その代理のようにフランス人にない大たぶさ髷《まげ》を頭にのせているわけだが、注意して見ると、髯の貯え方にも、いろいろの流儀や形があって、頬から顎《あご》まで全部を深々と埋めている人間も街で見かけられた。日本人が見て野蛮なことのようである。

その後の数日間に、一行はカシヨンやフロリヘラルドの案内で市中を見物し、植物園

や動物園を見た。いろいろの珍しい鳥や獣物《けだもの》を見て感心したが、どういう道楽で、こう集めたものか腑《ふ》に落ちなかった。結論は、見世物の大がかりのものだということになった。

別の日には水族館を見た。池を上から覗いて見るのかと思ったら、玻璃《はり》を透《とお》して真横から見る仕掛けで、悠々と泳いで出て来る大きな魚と、人が鼻を突き合せるように近くから見物するのであった。岩石や貝を置き、藻《も》を繁《しげ》らせて、海の底をそのまま見るのである。

「これは珍《ちん》なものだ」

「浦島太郎の龍宮城を画で見るようなものだな」

魚は、指でおどかすと、ひらりと身を翻《ひるがえ》して方向を変え、また悠々と泳ぎ去るのであった。

一行は、ナポレオン一世の墓にも参詣《さんけい》に行った。地中海を船で来る間に、これがナポレオンが生れたところと教えられてコルシカ島を沖合から見て通って来たが、こんどは巴里の真中でそのひとの廟《びょう》を見たのである。

やがて、民部公子が謁見《えっけん》することになっている現在のフランス皇帝はこのナポレオンの甥《おい》にあたるひとであった。数日後にカシヨンの案内で競馬を見に行くと、正面中央の桟敷《さじき》に、皇帝ナポレオン三世が来ているのを、遠方から見ることが出来た。卵形の顔をして、やはり髯を生やしているひとであった。

その日の競馬は、さかんなもので、ブーロオニュの森の新緑の美しい中に、着飾った男女で場内は溢《あふ》れるばかりであった。皇帝の他に巴里に来朝中の外国の帝王も見物に来ていると知らされたが、一般の人民が見物に集まっている中に帝王が平気で臨席するとは、一行には意外のことであった。日本では、将軍が外出する場合にも、屋内に火の気をなくさせ、やかましく人払いして、道路に人が出ないようにするのである。

（やはり、ここまで文明が進んでいるせいなのだ）

篤太夫は、こう見て羨《うらやま》しいことに思った。外国に来てなにもかも感心しているわけではないが、日本にいて篤太夫が、こうでなく、こうあったらと夢のように想って見たことが、ここでは、とっくに実行されている。時には自分が正しかったのだと実地に証明を受けたようで、満足を味わうこともある。

つまり日本はなにもかも昔のままで眠っていたのだ。こうした方が正しいとすることでさえ、行おうとしない。出来れば、なにもしないでいようとしている。確かに、それに比べると、異人たちは絶えず活潑《かっぱつ》に動こうとしているのだし、新しいものを取り上げる勇気があるのだ。これだけでも大変な違い方だ。

篤太夫は、フランス人が都会の中に動物園や水族館を造ったのもただの道楽ではないのだと理解して来た。

その時分には最初に驚いた瓦斯燈にも水道にも、慣れてれば在って当然のことと不思議を感じなくなっていた。だが、あるときに、ふと行燈やの光の暗い故国の夜のことを思うと、郷里の村の冬の風に屋内に縮込《ちぢこ》まった人間の生活が思い出され、また京都あたりの大都会でも夜の町の暗く淋《さび》しいのを思い起しホテルの窓から深夜も光の煌々《こうこう》とした巴里を眺めるのだった。

文明が形に現れたのを見て取るのは、こうした先進国の現地を踏わかる。だが、目に見えないところに、どんなものが隠れてこの文るのか？　これを見極めるのは、巴里に来たところで、容易に出来る一目してう思うと篤太夫は淋しかった。自分のためばかりではなく、故国のためっていこった。

謁見の式は、太陽暦の四月二十八日に行われた。

民部公子の旅館に、宮中から式部官が迎いに来た。紫色の羅紗《らしゃ》に金モールを帯びた礼服である。一行に付き添って行くフロリヘラルド、カシヨンも今ロの大礼服を着て出て来た。

これに対して、我方では公使の資格の民部公子が衣冠、全権と傅役《もりやく》が狩衣《かりぎぬ》、その他は布衣素袍《ほいすおう》といった風で、日本服としてもさまざまの姿である。馬車は四頭立てのもので、御者《ぎょしゃ》が二人、別に前後に騎馬の軍人が護衛についた。

民部公子は二番目の六頭立ての馬車に式部官とカションに案内されて乗る。馬車の数は四台である。街路に出て見ると、両側は見物人で黒山のようであった。

宮殿に着くと、近衛《このえ》の部隊が整列した間を通り、軍楽隊が演奏を始めた。これも、きらびやかな大礼服の式部官の頭取が、階段の下に出迎えて、馬車を降りた一行を案内した。立派な広い間《ま》に入ったと見ると、また正面の扉をあけて次の間に入る。入ると、後の扉を閉めて、大きな部屋を横切って、また次の扉の前に出るといった風で、謁見の
に入るまでに五つの戸口を通った。

謁見の席では、正面の三段高いところにナポレオン三世が皇后と並び、外務大
の高官が左右に並んでいた。

式部官の紹介があり、双方から挨拶し、民部公子の口上は、通訳官がフラ
返した。皇帝の答辞はカションが日本語に飜訳して伝えた。それから、民
出て国書を親しく皇帝に手渡した。ナポレオン三世も椅子から立って、

次いで民部公子は皇后に向って黙礼し、皇后もこれに答えた。

式は、これで終り、一同は次の間に退いて日本から持って来た録を式部官に渡して、もとの道を送られて玄関に出て来た。外の道路には、たときよりも多勢の人間が群《むら》がって一行を見ようと待ち構えていた。見慣れぬ衣裳《いしょう》らしく、ちょん髷の髪の形を異とするのであろう。並木に登り鉄柵《てつさく》に攀《よ》じ上って見いる者もあった。

「まず、これで大役を果たした」

かなり緊張していた一同は、ほっとした様子であった。民部公子の小姓として付いて来ていた武士たちは、宮中までお供出来なかったので、首尾を案じながらホテルで待っていたので、これも悦《よろこ》んで迎いに出て来た。お互に目出度《めでた》いと言い合って、夜は、慰労を兼ねて祝宴を催した。

「いかがでしたか？　城内の模様は？」

「江戸のお城とくらべて、どうですか？」


ただでさえ華やかなこの都では大博覧会が開催されていた。ナポレオン三世がフランスの富強を誇るつもりで、列国にも出品を求めて、大規模に展覧して見せていたのである。ロシア皇帝、プロシャ国王、ベルギー国王など各国の元首がこの機会に巴里に集まることになったのも、滅多にないことだったので、祭好きな巴里ッ子を悦ばせていた。日本から来た民部公子の一行も、この全市を挙げた熱狂と興奮の中に捲《ま》き込まれている。なにを見せられても新奇なのに驚く人たちが、博覧会のように刺戟《しげき》と色彩の強い世界にまぎれ込んだわけである。西洋を見るのは絶好の機会だったのには違いないが、まごついたことも事実である。

会場はセエヌ河岸の元練兵場だった広い土地が宛《あ》てられていた。幾棟かに分れた大きな会場に各国の出品が陳列されているし、ただ物産だけでなく、科学や発明を誇る器械だの参考品も展示された。

　なんといっても土地柄フランスが一番広い場所を占めていたが、各国も競ってその得意のものを一堂に集めている。新しい形式の耕作器械や紡織器械が出ているのを篤太夫は注意して見た。

　蒸気力で多勢の人間を屋上に運ぶエレヴェターにも乗った。

「こんなことまで工夫《くふう》したものだな」

風船が人を乗せて空に昇るのも見た。とんでもないことを工夫したものであった。言葉は通じなかった。説明もよく聴けないので、なにがなんだか、わからぬものが多い。理解するのには発明の土台となった学問や知識が必要なわけだが、誰も下地はなし、頭が空っぽだから、なさけない話である。

　人情というのか、篤太夫は日本の物産を並べてある場所に自然と惹《ひ》き寄せられて行った。

　ここならば、他所《よそ》を見ているのと違って、疲れを覚えない。しかし、その品物は、多く土産の類《たぐい》で、人間の知恵や発明が新しく生んだものはすくなく、光彩はない。日本からの出品では檜《ひのき》造りの六畳ばかりの茶室に庭を付けて飾ったのが、見物を集めていた。日本かこれは建物よりも、わざわざ日本から呼び寄せた三人の娘が純粋な日本髪で和服で坐っていたので、西洋人の好奇心を呼んだのである。かね、すみ、さと、という名の三人の娘たちで、静かにつつましくしている。木の香の新しい檜の建物など、西洋人には目に入らないように見える。他国の出品に比べて強く訴えるところがないせいであろう。だが、この代りになにを日本から出し得るかと考えると、残念ながらなにもないようであった。日本館の静かな一郭は、篤太夫らの気持を落着けてくれる。だが、また、それだけではなく、いろいろのことを考えさせるのだ。

フロリヘラルドは日本から名誉領事を頼んであるフランス人で親切によく世話をしてくれた。篤太夫が金銭の問題などで相談すると手軽く解決してくれたのも道理で、本職は銀行家であった。だが、そう聞いても篤太夫は、銀行とはどんなものか知らなかった。フロリヘラルドに説明してもらって、

「そんなものがありますか？」

勘定方をしている篤太夫に取っては、これは風船よりも興味のある話題であった。多勢から金を預かっておいて、それをまた要求のあった向きに貸してやって仕事になって行く？　フロリヘラルドは、さらに株式会社というものがあると話してくれた。

篤太夫は、銀行を見せてもらうことにした。これは博覧会では見られぬものであった。しかも、日本にはない組織である。石造の宏壮《こうそう》な建物の中に、多勢の人間がそれぞれの机で静かに働いていた。小さい金の出納《すいとう》から、驚くほど巨額の金が事務的に整然と動い

ている。説明を聞いて、なるほどと納得出来る。

日本の生活で、どこの勘定方も一方《ひとかた》でない雑務に苦労していることを思うと、これは便利な仕組であった。

「こんなものがあるとは、知りませんでしたよ。フランスではあれだけの大きい産業をやっていてどこでも金をどう動かしているのかと不審に思っていたのです」

正直に篤太夫はこう打ち明けた。

「実は、貨幣に紙の手形を使っているのを拝見して、どうして世間がこれで承知するのか腑に落ちなかった」

フロリヘラルドは、篤太夫が無邪気だし、真面目な質問を出すので好意を寄せて自分も熱心になってくれた。こんな話題を持ち出した日本人は他になかったのである。

「では日本では、不意の入用の金を、どうやって調達するのですか？」

商人の財産家から借りるのだと言うと、利子を尋ねて高いのに驚き、時に大名や代官は物持ちをおどかして、ただで取り上げるのだと答えると、フランスもイギリスも昔はそうだったが、それでは経済が続かないとわかってから、古くから銀行の組織が出来た、と教えてくれた。信用で金が動くのだ、という説明である。篤太夫とフロリヘラルドは、それ以来急に親しくなった。スエズ運河の大工事をやっているのも、株式で広い範囲から小さい額からの金を集めて大きな元手にしているのだとも聞かされた。

「いいことを伺いました」

篤太夫は無邪気に驚いて、こう答えた。

「あれだけの仕事を誰がやっているのかと思いました」

このフロリヘラルドに伴われて、巴里の町の地下に構築されている下水道に入って見たのも、篤太夫の知的好奇心が強いせいであった。

水道局の用水溜《ようすいだめ》は、少し前に、やはりフロリヘラルドが案内してくれて見てあった。巴里全市に水を供給している仕掛けと聞いたが、郊外一里ばかりのところに在るのを、わざわざ見に行ったのである。幾つもある浄水池は、石や漆喰《しっくい》で出来ていた。その中央に巨《おお》きな桶《おけ》のようなものが漆喰で築いてあって、水は、その底から鉄管に落ちて行くのだと聴かされた。この水が巴里の中の家々、自分たちのホテルの洗面所まで管で通っているのだとは、信じ難いくらいのことであった。竹樋《たけどい》などでなく鉄や鉛を自由に加工して管を造る技術が進んでいるせいには違いなかろうが、浄水池から巴里までの距離を思っても十分感心出来るし、それ以上に市中に入ってから、数ヵ所の公園に噴水を吹き上げ、路地のこみ入った町々の裏長屋にまで、滞りなく水を送っているとは驚いたことであった。

フロリヘラルドと街を歩いていて、これが地面の下の下水道に入るところだと聴いて、見せてもらいたいと言い出すと、

「ここへ入りますか？」

と、フロリヘラルドも閉口したようであった。

「フランス人でも、この中を見ようとする者は、あまりありませんよ。臭いですからね」

篤太夫は熱心であった。水道を見せて頂いたのだから、下水がどうなっているか是非拝見したいのだ、と主張した。

フロリヘラルドは、毎度のことだが、この小さい日本人の熱心な好奇心に負かされて、自分も入ったことのない下水道に鉄蓋《てつぶた》をあけ石段を踏んで降りて行くことになった。これは、巴里でも最初に築いたもので、地下の大暗渠《あんきよ》で、中央に川のように下水を流してある。人間がその岸を立って歩けるようになっているくらいに大きなトンネルで、どこまで続いているのか奥深く行く手は夜のように暗くなっていた。

「これが下水ですか？」

と、篤太夫は目を輝かして眺めた。

「汚水を地面に残しておくのは衛生に悪いから、集めて、これに落し込んでいるんですね」

フロリヘラルドも、いつか自分も熱心になって、町の汚水が滝のように流れ落ちている場所へ案内して見せた。

「水道の捨て水も全部ここへ流れて来るわけです」

「どこまで行くんです？」

「いや、やがて巴里中の地下を通るようになるのだ」

篤太夫は、こうして一部だけを見たのでは大きさがわからないと思った。

「もう少し、先まで見せて下さい」

フロリヘラルドは、苦笑しながら、先に立って歩き出した。所々に明り取りの窓が天井《てんじょう》にあって、外の光が入っているほかに、町の騒音が微《かす》かに聞えて来るが、ふたりは薄暗い岸を自分たちの靴音だけ聞いて歩いた。

やがて地下の川幅は、広くなり、人夫が舟を出して働いているのを見た。汚物で流れがふさがるのを、器械で掃除しているのである。

フロリヘラルドも、いつか自分も興味を起したらしく、篤太夫にわからない言葉で人夫に掛け合ったが、

「ボートで送ってくれるそうですよ。歩くよりは楽だ」

水が臭いので、ふたりはハンケチで鼻と口を蔽《おお》って、ボートに乗った。まったく、これは川であった。巴里の地面の下にいるのだというのが不思議に思われて来る。

ただ、臭気はだんだん、激しくなって来た。

「よせばよかったな」

と、フロリヘラルドが笑った。

それでも、日本の里程で半里ほど、舟で運ばれたことだったろう。出口を教えられて石段を昇り、やっと地上の昼間の光の中に出て五月の風を呼吸してから、ほっとして顔を見合せて笑った。

「こんなところへ出たのか？」

と、フロリヘラルドは、あたりを見まわして自分たちのいる地点を確かめた。

「町のずっと西の方ですよ」

「いや、珍しいものを見せて頂きました」

「とんでもない。私の方から、そう御挨拶しなければならぬ。巴里に暮していても、あすこまでは滅多に入るものでない。友達に聞かせたら、いったいどうしたことだと驚くことでしょう」

フロリヘラルドは、その後で肩をすくめて見せて、

「だが、臭かった。まだ、臭《にお》いが鼻に残っている。二度と行くところじゃない。あなたの物好きなのには驚いた。銀行に帰ったら、皆に話してやらなけれアならぬ」

だが、篤太夫にとっては、博覧会場に美々しく飾り立ててあるものを見るよりも、興味のある経験であった。地面から離れて空を飛ぶ風船は興味が主でなにかの役に立つまでには行ってないらしいが、この地下の迷宮のような暗渠は実用と衛生とを思って、大

がかりに築かれたものなのである。実際に、あの臭い中まで降りて、自分の目で見て確かめて来たから、在ると納得が行ったのである。話に聞いたり画で見たのでは、あれだけ雄大な規模は呑《の》み込めなかったはずであった。

「臭かったけれど、私には面白かったですよ。フロリヘラルドさん」

と、彼は言った。

「浄水道を見せて頂いたのより為《ため》にもなりましたよ」

だが、彼は異国の文化を見て何から何までこれに追従《ついじゅう》しようとしていたわけでなく、偏見なく動いているだけであった。驚くことがまず最初だったが、その後にも冷静に物を見極めようとする態度には変りがない。素直に彼が感服して見たのは、西洋文化の進み方だし、仕事に組織があって無駄のないことや、人間の生活が公平に出来ている点であった。一人一人の人間に対しては、見さげた人間がいる点など、フランスも外国も同じことで、日本人が卑下することなど考えられなかった。時には、知識の点では劣っていても人間としての品位や、純粋な気質では、日本人の方が高いと強く感じることさえあった。

いろいろのことを手引しているし心で敬愛を感じているフロリヘラルドに対しても、友人として不満を感じることがあった。人あたりが柔かく親切で、公平なのだが日本の名誉領事になっていることで、事務として、そうしてくれているようなところがある。

日本人の間に見つかる友人のように、腹を割って心を許し合うようなことは、言葉の不便を除いても、ないことのような気がするのである。つまり境遇の好い時の友人で、こちらが悪い場合には頼めない性質が見えるようなところがある。

しかし、このフロリヘラルドが銀行家で、つまり日本でいえば町人なのだが、誰に対してても卑屈でない態度でいるのを見ると、やはり感心する。ちゃんと、自分を持ってい て、主張すべきことは堂々と述べ立てて譲らない。

篤太夫にも経験のあることだが日本では大大名に金を貸す富裕な商人でも、武士に対しては、ただ恐れ入って物を聞き、手間を掛けて条件を緩和するように骨を折るだけで、自分の主張を表面に出すまいとしている。フランスには軍人はいるが、武士だからといって町人が怖《おそ》れない。人間としては対等なので、各自の立場から言うべきことを言うのである。

世間が、それを認めているので、武士に特権を認めないのである。現に篤太夫の連れの武士たちは、フロリヘラルドが町人だと知って怪しんだくらいであった。百姓として代官の手代に無理を言われ泣き寝入りを強いられた篤太夫から見れば、身分上の不当な区別がないこういう世の中こそ本統のものであって、フランスの町人が羨しいのであった。そして、いつか日本にも早晩、町人が自由に自己を主張出来るときが来るようにしないと、新しい文化を入れるにしてもなにも動きはしないと考えた。街を歩いてよく気がつくことだが、人が往来を汚さないこと、お互に道を譲り合う礼儀の行きわたっていることなど、協同して生活している上の必要を人が平等に考えて割り出したものらしく見えるのだ。

巴里をとらえていた万国博覧会の興奮がようやく落着いて来たころ、青葉の夏となっていた。民部公子の一行は招待を受けた国々を訪問することになった。

最初にスイス、次にベルギー、それからイタリア、最後にイギリスへ行ったのである。どこの国へ行っても、軍隊の調練だの、製鉄所だの、海軍の発火演習を見せられるといった風であった。篤太夫は、自分が苦労して集めた農兵に京都大徳寺で教師が調練していたのを思い出しながら、見るものと段違いの話なので、これは、これは、と思うばかりであった。

民部公子のお供をして来るのに、彼は幕府の陸軍奉行調役《しらべやく》の辞令を受けて来たのだが、これは肩書だけのことで、軍事はもとより不案内だし専門でなかった。それよりも、やはり産業の方の視察に心は傾いている。驚いたのはベルギーで、王宮に謁見に出たとき、饗応《きょうおう》の席で国王が民部公子と話している間に、

「これからの文明国には鉄が第一の必需品で、強大な国ほど鉄を多量に使い、鉄を使わぬ国は弱くなるものと見てよい。日本も将来強大な国になろうとなさるなら出来るだけ

鉄を用いるように考えることで、その際は鉄を我が国から買うようにして頂きたいものです」

と、言ったのを聞いた。

国王の位にあるひとが、こうして産業のことに心を配っている上に、自国産の鉄を日本が買ってくれるようにと、親しく話を持ち出したのは、驚いたことであった。

「王ともあろうものが、取引の話をするなどとは、東洋にいては考えられぬことですな、頭がどうかしているのじゃないか？」

こういう批評も退出後に出た。

「いや、国の産業のことをそこまでお心に掛けておられるのでしょう」

篤太夫は、こう言い出した。

「あれだけのお心入れがあれば、御家来衆はもとよりのことだが、国民にも国の産業は大切という考え方が深くひろがっていることでしょう。必ず、よく働く国民に違いないと思う。武士は食わねど高楊子《たかようじ》のお国ぶりから出て来て考えると変でしょうが、国王がああ飾り気なく仰有《おつしや》れるとは、やはり西洋社会だからです。そう思って伺わないと間違います」

スイスへ行ったときは、こんなに小さい国が富み栄えているとはと驚いた。国としてはやはり小さい故国《ここく》日本の将来のことを篤太夫は考えたからであった。

「やはり、どこの国へも行って見るものです」

連れの一人に、篤太夫は、こう話しかけた。

「来て実地に見ないと何事もわからない。こんな小さい国でも、人が日本よりも遥《はる》かに幸福に暮している」

気がついてみると、篤太夫は民部公子の供をして各国を巡遊し、いろいろと新しい文物を眺めながら、見ていたのは故国日本のことなのである。

篤太夫の心は日本から離れなかった。眺めている対象を透《とお》して、燈火の暗い侘《わび》しい日本の姿が、影のように背後に見えて来るのである。異国に学ぶというのも、おのれを読むことであった。

彼我の比較が、いつも頭から離れない。いまさら外国との競争は及びもつかないとわかっているが、尊王攘夷《そんのうじょうい》の政治論だけで血を流し有為《ゆうい》の若い人たちを無数に犠牲にしている故国が、いつの日にか、もっと実質的に、西洋諸国のように新しいものを生み出そうとする方角に、民族の目標を持つようになるか？　篤太夫は、それをつくづくと思うようになった。

そのためには、武士に特権がなく町人が自由に存分に働き得る世の中とならねばならぬ。これは篤太夫が日本にいるうちから漠然と胸に描いていたことだが、こちらへ来てからは念願となった。それと現在の日本の封建世界のように、地方も個人も孤立して分裂し、自己の利益と保身だけしか考えていないのを改めて、人と人との中に強い協力を見つけることである。狭い国に住んでいて、日本人でいながらお互が異人を見るように警戒し合っている。水戸あたりでは一藩内の政治論が、もとの天狗党と書生党に分裂して、仇敵《きゅうてき》のように憎み合って、その争闘以外のことは頭にないのを見ると、心が寒くなることであった。それも、百姓町人には迷惑だけ掛けて、無関係に武士階級だけが必死になっている政争だから、前途を思うと怖ろしい。

湖水のあるスイスは風景の美しい国であった。ユングフラウという山が雪と氷に頂《いただき》をつつまれて聳《そび》えているのも遠くから眺めた。そのあたりは、富士山より高い山々が、岩の殿堂のように氷の峰を連ねている。汽船で湖水を渡るとき、モンブランという山が、夕陽《ゆうひ》を受けて、たとえようもなく美しい色に染められているのを世にも見事な景色と一同は感じ入った。

行く先々で、篤太夫は、時計の製作所を見せられた。風景も美しいし人も静かである。軍隊の調練も見せられた。農兵だということだったが、整然としたものである。

イギリスに渡ったのは、十二月になってからだった。ここではプログラムどおりの王宮訪問や見物の間に、タイムス新聞社を見せてもらったのが珍しかった。ヨーロッパ第一の新聞で、一日に四十人の人間が働いて二時間に十四万枚の新聞を刷り出していると聞かされて、印刷所にも案内され器械を見学した。

フランスに帰って来たのは、十二月なかばになってからである。巴里では博覧会のお祭騒ぎも終っていた。ここの冬の寒さの中に一同は落着くことになった。

# 東は東

博覧会は終ったし、国々の訪問も一段落となって、民部公子は第二の目的の「留学」に腰を据えることであった。ホテルを出て新しく居館を構え、武芸の教師も雇い入れた。巴里《パリ》まで来て武芸を習うというのも、やはり日本の武士らしい思案であったが、付き添いの人たちも身分ある公子の採る道として他のことは考えられなかったのである。教師はヴィレットという陸軍中佐で、西洋風の剣道と乗馬を専ら指導してくれた。巴里まで来たのなら、もっと他のなにか勉強をされた方がよいのではないかと疑ったのは篤太夫だけであった。公子の勉強方針を決めるのは身分の高いお付きの人々の役目なので、軽輩の篤太夫は口を出せなかった。ここでも上下の身分は、はっきりと分れていた。

その癖、処置の難しい問題が起ると、上位の人たちも篤太夫を頼って、どうしたものかと相談を持ちかけて来た。場所が風俗習慣の違う異国のことだし、日本の流儀だけでは押せない困難もあるから、判断を下しにくいのである。その場合、名分にとらわれず、自由に思慮を働かして過《あやま》たないのが篤太夫であった。素直に健康な常識を働かすからである。自分が百姓に育ったせいだと篤太夫もひそかに自負して、武士たちの頑冥《がんめい》な気質では捌《さば》き得ない問題を気楽に整理出来るのであった。

各国巡廻《じゅんかい》の場合に御傅役《おもりやく》の山高石見守がお供の人数を減らそうとしたのに小姓組が反対したときなどがそれであった。西洋では身分あるひとの旅行でも、なるべく小人数で簡便にして出かける。ところが民部公子はまだ少年なのに、日本の流儀で大がかりな人数の供を連れて歩くわけで、ただでさえ目立つのに、供の面々が大たぶさで両刀を腰につけた武士が多勢揃《そろ》って押し出すのだから、どこへ行っても珍しがって見物の人立ちがする。これはいかにも不体裁だから、供を小人数にしたい、と石見守が言い出したのが、

「それでは我々の御奉公が立たぬ」

と、小姓組が真気《ほんき》になって怒り出したのである。

「なにも我々は外国を見物に来たのでもないし、異国の言語を習おうと思ってお供してまいったものでもない。ただ、お上にお怪我《けが》なきよう忠勤を尽せと承って出てまいったのだ」

ホテルに滞在している間にも、異人の給仕方の者がお上になれなれしくするのが無礼至極だと、どなり出したのも、この面々であった。

自分たちがお供出来ぬようなら公子の御旅行はお取り止《や》めに願おうと、一徹に言い出して譲らなかったのである。言い出したら肯《き》かぬ武士気質であった。

篤太夫が呼び出されて、

「渋沢、なんとかしてくれ。頑固者には手を焼く」

と、石見守は当惑し切って相談を持ちかけて来た。

「国王や大統領の招待でお出ましになるものを、おのれ等の言い分が通らねば、お上を一歩たりとも動かし申さぬ、と、言いおるわ」

篤太夫は間に立って苦労したが、交代でお供するという方法で、そのときは小姓を納得させ、円満におさめた。

この古風な武士たちは、異国のなにを見ても受け付けようとしない。感心すれば日本人の恥辱だと思い込んでいるのかと思うくらいであった。ヨーロッパまで出て来たのが、そもそも面白くなかったのだ。滞在中、もとより大小も捨てず、せっかく最初に造らせた洋服も着なかった。日が経《た》つほど、神経過敏になって怒りやすい性質を示して来た。

これと上司との間に入って、篤太夫は苦労が多かったが、おだやかな気質の上に、出発前に慶喜に頼まれたのがここだと思うから辛抱強く調停役に立っていた。不平組の四人は、やがて病気と称して、先に帰国した。

その間《かん》に篤太夫には、別に会計の方の苦労があった。本国からの送金が滞りがちだったので、やりくりに骨を折ったのである。一ヵ月の経費を定めて、安定を計るようにしたが、本国でも幕府の財政がだんだんと苦しくなって来ていたので、使用人を減じたり不用な馬車を売り払ったりして、慣れぬ異国で苦心した。

「だが、好い経験になる」

経済をヨーロッパの流儀でやって行くのに自分も興味を抱いたのである。フロリヘラルドが一々相談に乗ってくれたので、自然と教えられるところが多い。民部公子が借りた屋敷に三百五十六万フランの火災保険が付けてあったことなど、他の者が夢にも気がつかない新しい用意であった。

多少でも経費に余裕が出来ると篤太夫は銀行預金にしたり、鉄道債券や公債を買い入れて利を生むように計った。なにもかも新しい仕事なのだが、ヨーロッパ風の経済知識を習得するための実験であった。銀行、会社、取引所と、接触する機会が多くなって、その組織や経営の方法が次第にわかって来た。篤太夫のはただの遣外使の随員ではなかったのである。異国に出て来ても働くことであった。当人がそれを楽しみにして、怠りなく活動しているのである。その年の末にはチョン髷《まげ》も切り落し、洋服を着て生活するようになっていた。篤太夫としてはこの変化は飛躍ではなかった。手がたく徐々に変って来ていたのである。

森のあるブーロオニュ公園を愛馬を歩ませて散策するのが、当時巴里の上流の紳士、淑女の間の流行であった。民部公子も武芸教師のヴィレット中佐の案内で、朝早く、この公園に馬で運動に出かける習慣が出来て、篤太夫も馬でお供した。

その折の篤太夫は、行き交うフランス紳士と区別ない洋装であった。後に思い出してみても幸福な朝夕であった。

セエヌ河沿いに遠馬《とおのり》に出たり、凱旋門《がいせんもん》の付近に馬を走らせることもあった。朝の乗馬御稽古は、雨天でない限り、日課のように行われた。

「ムッシュウ渋沢」

と、フロリヘラルドが訪ねて来て、本国で将軍慶喜が朝廷に大政を奉還したと知らせた日も、朝の遊歩から帰ったばかりのところであった。

「新聞で見ると、ケイキ様はタイクン（将軍）をおやめになったそうですよ」

驚いて、一同が集まった。寝耳に水の話だったし、信じられないことであった。慶喜公が将軍をやめたとしたら、後に誰が立つのかと疑ってみたが、幕府が大政を奉還したと言うのである。幕府が幕府ではなくなったのである。これ以上に彼らを驚かせることはなかった。もどかしいが、フランスの新聞では、くわしい事情はわからない。御用状がとどくのを待つことにしたが、不安なのはもちろんであった。幕府がなくなれば、民部公子も当然に帰国することになるはずである。

待っていた御用状は、新しい年の正月二日に着いた。容易ならぬ政変と判明したが、そのまま後の沙汰を待てと言うのである。民部公子も日課を続けていたが、毎朝、新聞が来る時間には一同で集まって、フランス語を読む者が日本関係の記事を飜訳して聞かせた。

　二月二十九日になると、鳥羽伏見《とばふしみ》で慶喜が薩長の軍隊と闘って、徳川方が敗走したとわかった。味方が敗《ま》けたことも、ひどく意外だったが、自分たちの留守の間に日本がどんなことになるのかを思うと篤太夫は暗然とした。自分たちのことは別として、そのことを思うのがつらいのである。窓の外を見ると、巴里の街はいつものように平和だし、人で賑《にぎ》わっているのである。

「これは日本全国が大きな戦争に捲《ま》き込まれるのだ。お味方も、このままでは、ひきさがれまい。無論、最初のは怪我《けが》負けなのだ。ここまで来ては我慢出来ぬよ」

「薩長が、永い間、たくらんで、今日に持って来たのだ。実に陰険で乱暴な奴らだ」

　興奮して人々は、こう語り合った。

「帰らねばならぬ。こうと知ってこんなところに、いつまで居ることはない」

　故国にいて、動く渦巻の中に自分も揉《も》まれているのだと、別の見方も出来るわけだろうが、遠い外国にいて、精確な知らせも得られず、どうなることかと心配ばかりなのである。

　将軍をやめ朝敵とされるに到った慶喜は、民部公子の実兄だった。

「いま、帰国したところでなにも出来るものでない。このまま留《とど》まって勉学を続ける方が大切だ」

民部公子のところへ慶喜から、こう言って来たのを見て、篤太夫は、ひところ自分が仕えた慶喜の人柄を思い、やはり落着いた方だな、と自分たちがあせっていたのを羞《は》じた。居る場所に随って、自分たちで出来ることをして行くだけのことであった。

そのうちに、幕府が出した留学生は全部帰るようにと指令が来た。その旅費の世話は篤太夫がした。本国から送金を待っていられなかったので、節約して民部公子のために預金してあったものから捻出《ねんしゅつ》した。後をどうするか、と心配だった。

新しい外国奉行で民部公子のところに来ていた栗本鯤《こん》も部下を連れて急いで帰ること に決まったので、民部公子の世話は篤太夫が見ることになった。雇ってあったフランス人の教師を断って、居館もこれまでの大きい家から小さい家に移り、経費を許される限り縮めるようにした。

篤太夫が故郷の家に手紙を出して場合によっては金を送って頂きたいのだがと父親に問い合せたのは、この間のことであった。折り返して父親から返事がとどいた。不孝な子が途方もない話を申し入れたのに対して、手紙のことは承知したと答えてくれたので読んでいる間に篤太夫は落涙した。

その間に新しい日本政府からフランスにも外交使節を出すという記事が新聞に出た。そうなれば、民部公子の地位は当然に宙に浮いたものとなって、フランス政府から邪魔にされぬとも限らない。幕府は瓦解したのである。将来のことは、どう成り行くものか、まったく見当がつかないのだ。

「せっかく、巴里までお出ましになったのです。こちらにおいでられる限りは、お学びになれるだけ、御勉強になってからお帰りになることです」

これは民部公子の不幸な境遇を慰めるために言った口上《こうじょう》だけのものではなかった。篤太夫は、そう信じ切っているし、自分が熱心なのである。小さい家に移ってからも、機会あるごとに、いろいろの施設を見学に出るように仕向け、自分も必ず供をした。早晩、帰国のときが来ると考えてから、いっそう、方々へ出かけるようにしたのである。

「日本に帰ったら、見られないものが幾らでもあるのですから」

こう言って民部公子を励ました。

ついに民部公子が帰国するように決定したのは、故国で水戸藩主、徳川慶篤《よしあつ》が死んで、民部公子が後を継ぐことになったからである。また五十日間の船旅をすることだったが、旅をする者にひどく永いと感じられたこの期間が、故国では時世の目まぐるしい変動に追われて寧日ないような月日だったのである。

水戸藩庁から出迎いの者が、わざわざフランスまで来て九月四日に一同はマルセイユから英国船に乗った。来た時の二十名を越えた人数に比べて、全部で九人であった。

「慶喜公に闘う御覚悟さえあったら、幕府も瓦解せずに済んだのでしたが……」

出迎いに来た武士たちがこういう嘆声を漏らした。会津藩が東北の列藩と同盟して、現在、官軍と交戦中だということも、また幕府の海軍が榎本武揚《えのもとぶよう》の指揮下に箱館に逃れ、蝦夷地《えぞち》に旧幕府の勢力を植えつけようとしていることも聞かされた。

「これには海軍でお雇いのフランス人教師も全部加わって、軍艦を指揮しているのだから、うまくすると、官軍の勢《せい》を以《もっ》てしても手がつけられまいという風説でした」

印度《インド》を過ぎ、日本に近くなって見ると、これらの説がもはや、旧聞になっているのがわかって来た。港に着いて、日本の情勢を尋ねると会津は夏の間に落城していたし、東北の諸藩も官軍に降《くだ》っていた。箱館に逃れた海軍も、また危ういと聞かされた。人々が多少希望を託して来た情勢も、猫の目のように変化して、悉《ことごと》く味方の不利となって来ていた。

幕府を倒さねば日本はよくならぬと終始考えて来た篤太夫であった。慶喜に仕えてからも、その意見は変えなかった人間だが、今日となってみると、あまり、もろいのを意外としたし、慶喜が稀《ま》れに見る優れたひとだと知っているだけに、その悲境を心から気の毒に思った。勝つ道もあったろうに、おのれから争うのを避けて、官軍に降った慶喜の心中は、遠く離れていたことで、いっさい、篤太夫にはわからない。

（だが、官軍と称していても中心の勢力は薩長なのを御存じなかったわけではなかろうに）

甲板に出て、海を眺めてこう思うときがある。政治上の野心というものを、いつのまにか嫌いになっていた。

自分にしろ、以前に志士として交際のあった人々にしろ、国事を憂えて、夢中で妄動していた時分のことを考えてみても、私心というものはなく、出世したいと望んだこともなかった。若い日の純粋な熱情の仕事であった。それが、政争となると、いつのまにか不純な調子が加わり、ただ敵をひしぎ勝を制することだけを逸《はや》って、対手《あいて》を知ろうと努めず国の全体の運命を見ようとしない。昔の理想主義的な精神はない。ただ悪く変った。奇怪なことだと思うのである。

それと同時に、篤太夫は一身についていては、これで自分の公《おおやけ》の経歴も終ったとなんとなく覚悟した。

徳川氏が亡びたことで、自分のなすべきことの幅も限られたのである。フランスまで行って、いろいろの経験に教えられて、これから行く先に夢見ていたことも、これで御破算の類《たぐい》であろう。

まだ若いゆえか、そのことが別に意気を沮喪《そそう》させもしなかった。またしても新しい経験を空手で迎えるような心持である。これも自分が農家に生れたことが、天与の恵みになっているのかもしれぬと思った。他の武士たちのように身分にかじりついている要のないのが、境遇の変化に怯《おび》えなくとも済むのだ。自分が汗して真面目に働くのを天職のように信じて育って来た人間には、どんな世の中が来ようが不安はない。篤太夫は、そう出来た人間だし、武士などというのは、なくともよいと、少年の日から強い見方をして来た男であった。

船が支那《シナ》海に入ると、やはり、国に帰るのはうれしいことだと、心に歓喜を覚えた。帆が渋紙のような色をした支那のジャンクが浮いている。赤はだかの島々や陸地が見えている時間がある。

ついに揚子江《ようすこう》を入って、上海《シャンハイ》の港に入った。ヨーロッパに向うときに見た混沌《こんとん》と人間で雑踏した街に上陸すると、やはり感慨は、もはやフランスにいるのではなく、東洋に帰って来ているのだということであった。町の不潔なのにも、人の顔の皮膚の色にも、厭《いと》わしいとは感じないで、なつかしむ心が動いた。

「これからなのだ。支那も日本も、まったく、これからなのだ」

篤太夫は、極めて自然に、こう思って見た。町で見る支那人だけでなく、自分をいたわっているような心持である。フランスでは見なかった乞食《こじき》が多く、裏町には貧しい人たちのひしめいているのが見かけられたが、これだって、貧も不幸も、やがて東洋から退治せられるべきものとして目に映るのであった。現在の不幸は、両国に共通したものであった。それゆえにこそ、お互《たがい》の心は近い。日本のことだけを考えて済む話ではない、こう思って眺められるのである。

ホテルにいると、人が訪ねて来たと取次があった。なにか間違いではないかと思ったが、出てみると、日本人の武士が立って待っていて、もと知っていた長野慶次郎《けいじろう》という男なのである。それだけ、この上海が日本に近いということなのだが、一行の他に日本人を見ていなかったことで、篤太夫は、ひどく驚いたものである。

「どうして？　長野氏、ここに？」

長野は、振向いて側《そば》に立っていた西洋人を篤太夫に紹介した。

「スネールさんだ。和蘭《オランダ》のひとだが、前から神奈川に店を持っている」

と言って、

「このスネールさんの尽力で、味方に武器を入れていたのだ。会津藩のためにもずいぶん働いてくれたひとだ」

篤太夫が見て、スネールは、あまり品の好い人物のように思われなかった。挨拶すると、かなり流暢《りゅうちょう》な日本語で返事して来た。

「幕府、大砲、鉄砲、いくらあっても足りません。もっとたくさんないと、戦《いくさ》に勝てませんから、私、長野さんと一緒に、買い出しに来ました。船で、急いで箱館に送るのです」

長野は、篤太夫を、広間の隅の方の椅子に連れて行って、差し迫った様子で話し始めた。

「民部公子がフランスから帰られて、この上海に来ておられると伺って、これだと思って、スネールとも話してきたのだ。君に重大な相談があるが、聞いてくれるか？」

「承りましょう」

と、篤太夫が答えると、

「貴公からお勧めして、ここから真直《まっす》ぐに民部公子に箱館へ行って頂きたいのだ」

長野は、目を光らせて、こう言い出した。

「箱館には幕府の海軍がいる。正直に言って現在は苦境に立っているが、薩長に抵抗出来る力は、これだけだ。民部公子は将軍家の弟君であるし、この方に箱館にいらしって頂ければ、味方の士気も奮い立って、一挙に勢力を挽回《ばんかい》出来ることになるのだし、新しく味方に馳《は》せ参じる者も多い。なんとかしてそうして頂きたい。幸いと、船の方はスネールの力で都合出来るのだから、ここから武器を積んで、蝦夷地にお越し願えると、幕府も起死回生出来るのだ。渋沢君、頼む。貴公から民部公子に、そうお願いしてくれたまえ」

篤太夫は、自分の顔が赤くなっているのを感じて来た。思いがけぬ相談だったし、容易ならぬことであった。彼自身が、慶喜の腑甲斐《ふがい》なさを、ひそかに憤っていたことだから、徳川方に対する最後の機会として、この話を聞くことも出来たのである。

しかし、なんのために？　と、冷静に、篤太夫は考えることが出来た。天下を両分して薩長に勝ちたいというだけのことである。四民のためではない。亡びた徳川氏と、残存した武士階級のためだけのことである。故国のためには、もっと、その他に考えるべきこと、なすべきことがあるはずである。

「どうだ、渋沢君」

長野は、顔に烈《はげ》しい気色《けしき》を見せて、迫るようにして言った。

「箱館にいるお味方を見殺しにしないでくれ。頼むのだ」

ここまで帰って来ると、やはり、日本の風が吹いている。理性はなく荒れ狂っている風の勢いが感じられた。

「どうだろう？　お取次ぎ下さらぬか？」

と、重ねて、長野は言った。篤太夫の顔を見つめている眼に、一念に凝った強い光が現れて出た。これを見返しているうちに、篤太夫は自分がもっと若い日に捕えられた狂熱を思い出した。結果も考えずに城に焼討ちをかけ、外国人を皆殺しにしようと、夢中で思いつめて駆けまわったことをである。

長野と向い合っていて、篤太夫の瞳《ひとみ》の色は深くなって来たように見えた。

「そんなことをしている時ではないのだ、長野君」

と、答えた。

長野の顔色が変ったが、篤太夫は怖れなかった。

「大総督府の命令、また前《さき》の将軍家からの御沙汰があって、私は民部公子のお供をして帰るところだ。途中で、さような乱暴なことは出来ませんよ」

「では、貴公には頼まぬ。手前から直々に申し上げるから民部公子にお目通り出来るようにしてもらいたい」

「それもお断りする」

静かに篤太夫は、こう答えた。

「貴公が不穏なことを企てていると承知していて、お取次ぎ出来るものではないじゃないか？　申し上げても無益のことだ。貴公だって、もっとよく前後を考えたら、これはお上に甚《はなは》だしく御迷惑をかけることだと思わぬか？　弟御様としても、前様（慶喜）の思召《おぼしめし》に背《そむ》いて、箱館などへお出ましになれる儀ではない」

「豚一などは問題ではない」

長野は、こう言い放った。豚一とは、慶喜が豚の肉を食ったという風説から、悪くいう呼び名に人が使うものであった。

睨《にら》み合っていたが、長野も已《や》むを得ず、待たせてあったスネールという男と帰って行った。話は、この和蘭人の武器商人から出たもののように感じられた。戦争が長く続けば、銃砲を売り込んで儲《もう》けられるので、民部公子を箱館に送ろうと企てたのかもしれない。

ここまで帰って来て篤太夫が心中切に祈るのは、日本が早く内乱をやめて、ヨーロッパの国々と同じように平和にして、古いままの形態で伸びずにいる産業を、新しい刺戟《しげき》で発展させることであった。進歩した文明を取り入れるだけでも容易な仕事ではないのだが、それに背いて国内で闘って殺し合っているのだから心を暗くする話である。幕府は自分から亡《ほろ》びた。それならばそれでよい。日本が新しい道を歩くように、勝った者も敗けた者も、力を合せて向うべきだと思うが、武士たちの意地だの、面目に拘《こだ》わる感情が不埒《ふらち》にもそれを塞《ふさ》いでいるのだった。

出発のときには老中以下のさかんな見送りがあったのに比べて、出迎えの者も小人数で、淋《さび》しく横浜で船を降りたのは十一月三日のことだった。

折から秋日和で、日は暖かく、澄みわたった空の遠方に富士も見えていた。久し振りで日本の土を踏んだので嬉《うれ》しかったが、西国訛《なま》りのある役人が出て来て、なにかと横柄《おうへい》に用のないことまでこまかく訊問《じんもん》した。

「へえ、慶喜の弟で、水戸家を継ぐのだと？　今は別としても、もとさような身分の者が、どういう用向きでフランスへ行っていたのだ？」

西洋から隔離された島国のせせこましい感情が、顔に露骨であった。気がついてみると、あたりに執務している人間の中に、江戸人らしい者は見えなかった。東京という地名も初めて、ここで聞かされて、

（ああ、江戸が東京に変ったのか？）

と、気がついた。もとの幕臣の出迎えはなかった。

民部公子は、水戸藩から出迎えた人々の案内で、すぐに上京することになり、篤太夫は船から荷物をおろすのを待ったり、帰国の手続き上の用務もあって横浜に残った。町に出ると花屋でもない店さきに美しく門毎《かどごと》に咲いた菊の鉢を置いてあるのを見て、いかにも日本だけしかないことと胸が熱くなった。その他の日本は、留守の間に一変したもののようである。が、宿では汚れていたが畳の上に坐《すわ》った。久し振りで日本風の食膳に向った。

横浜は新興の町で外の物音にもなんとなく活気が感じられた。篤太夫が最初にしたことは、郷里の父親に飛脚を送って、無事に帰国したと知らせることであった。家出同様に郷里を出てから、フランスへ行くときも暇乞《いとまご》いに出なかったのはともかく自分がどうにか一人前の身分になり、いそがしいのが理由だったが、出発のときの勢いにくらべてこんどは、幕府とともに敗北した人間の一人として、明日のことはわからず、裸同様になって帰って来た。年取った親に向け、どこまで不孝なのか、と、ひとりで坐っていて思うのである。

「また、浪人だ」

篤太夫は、こう覚悟した。

時代が一変して、もとの幕臣は皆扶持《ふち》を離れて、どう暮しを立ててよいかわからなくなっていた。御三家の水戸藩だとて同じことで特に民部公子に随ったとはいえ、篤太夫の身分は幕府に所属して来たのだから、残った仕事を片づければ、他の幕臣と同じ運命に従うわけである。

年齢からいっても、またもや、親に頼って済むものではない。親の恵みをおのれほど厚く受けて来た者はあるまい。過分な程度だった。いまさらに、それを思い合せて頭《こうべ》を垂れるのだった。父親の前に顔も出せないような心持である。

東京に出ている間に、父親が篤太夫に会いに自分の方から出て来ていると、柳原の梅田から知らせてくれた。こちらも用事さえ済んだら郷里へ帰って親や妻子の顔を見たいと思っていたところである。飛び立つ思いで、梅田の家を訪ねた。

「お帰り」

姿にやはり年の疲労を見せていたが、市郎右衛門は、輝くような顔色で迎えた。篤太夫は胸が塞がって両手をついたまま、挨拶もたどたどしかった。

「御心配ばかりお掛け致しまして、申訳ございませぬ」

「なに、別に心配などせぬ。お前さんはお前さんで、やっていると思っておった。千代も子供も達者でおる」

「はあ有難うございます」

言葉が切れると、父子の胸に深い感慨が潮《うしお》のように押し入っていた。

「どうだったね。あちらは」

「いや、いろいろと、……見てまわって為《ため》になりました」

「それアよかった」

きちんとした行儀は、血洗島にいた時分に見たとおりのものである。名物の冬の風の吹く夜に行燈《あんどん》をともして遅くまで経書《けいしょ》を読んでいるのを見た折のままである。

「そのうち、ゆっくり聞かせてもらおうよ。楽しみにしている。もうまもなく春になって時候もゆるむ。一度、帰っておやり」

こう言って、

「こんどは、求めたい本があってついでだと思って、出て来たのだ。江戸が東京となってどう変ったかとも思うた。お前が無事なのを見たのは、うれしい。郷里《くに》は相変らずだが、人にはいろいろのことがあった。なにしろ、この烈しい世の中だ。なにから話したものかね」

宿の主人の梅田が酒の支度をしてあって、搬《はこ》び出してくれた。梅田は相変らず、剣道具屋をしていたが、

「なんですか、新政府になって、もう剣術の稽古は御停止だなんて、いまにもおふれが出るとかで仲間の寄合いで騒いでおりますが、先生があちらを御覧になって、やっぱり、

大砲や鉄砲だけの世の中になるとお思いでしたか？」

と、心配そうに尋ねたりした。

市郎右衛門は、東京に出て買った漢詩の本を、嬉しそうに取り出して見せてくれたりした。村里《むらざと》に籠《こも》っていながら、相変らず、読書は続けているのである。久し振りで親子が向い合って、酒を酌《く》むことであった。郷里の人の消息が、その間に伝えられ、いそがしい篤太夫が心を残して立つときが来ると、

「金が要《い》るだろう。多少、用意して来た」

と、父親は初めて言い出した。

梅田の家から外に出てひとりで歩き出したとき、父親の前では見せなかった涙が、篤太夫の頬を濡《ぬ》らした。

樹木につつまれた郷里の家で育った若い日のことが、いまさらのように胸に浮んで来た。すると、涙は止めどもなく、往来のひとに見られるのが羞《はず》かしいくらいであった。

どこの親でも子には有難いものだろうが、自分が受けた恩愛は身に過ぎたものとしか考えられなかった。不孝は明瞭《めいりよう》なものだったが、背いた者を今日まで、心から信頼して遠くから見まもっていて下さったのである。あの月見の晩に、夜明け近くなるまで父親と言い争ったときのことを思い出すと、いまは耐え難かった。若かったゆえと言えようが、無法なことを厚かましく言い立てて羞じなかったのである。その釈明の言葉は、た

だ自分が世間を知らなかったが、不誠実ではなかったということだけである。

父親は、明らかにそれを認めてくれていた。老年の心のことで、さぞかし苦しんだことだろうが、子を理解しようと努めてくれたのは明らかである。思えば、烈しい世の中であった。ただ栄二郎ならば過《あやま》るまい、と見て取って下さった。その目射《まなざし》を自分もどこにいても知らずしらず感じて歩いて来たように思われる。それだけは、いつか、無量の謝意とともに告げたかった。なにもかも、お父さまのお蔭《かげ》でした。憚《はば》かりなく、篤太夫は、こう言えるはずである。激しい流れに捲き込まれて幾度か水底に沈みそうになったものを、とにかく、ここまで来られたというのも、遠くから自分を見まもってくれている親の瞳を忘れなかったせいなのである。正しいと知っている父親に我と背いて来ただけに、いっそう、忘れられなかったのであろう。

一緒に故郷を離れた従兄の渋沢喜作が、彰義隊《しょうぎたい》、振武隊《しんぶたい》と、亡びた幕府方の希望のない抵抗に加わって、現在は箱館で闘っているということや、同じく従兄の尾高長七郎が牢屋《ろうや》を出たものの、脳の病気で、死にかけているという話など、父親から聞かされて篤太夫は暗然としたものであった。

少年の日に自分を教えてくれた義兄の尾高新五郎がまた飯能で官軍と闘って、追われて転々と各所に隠れ、ようやく郷里に帰って来たという話も、篤太夫には他人のこととは聞けなかった。

自分が同じ運命を見なかったとは言えなかった。強い風に吹かれて、木の葉が枝から吹き散らされたのと同じことだった。従兄たちが皆ちりぢりとなった中に、同じ木の葉の自分だけが枝にしがみついて辛くも残った、というのが、

「父上、あなた様のお蔭でした」

篤太夫は、歩きながら声に出して、こう呟《つぶや》こうとしていた。

# 新しい道

篤太夫は、民部公子のフランス滞在中の経費の計算をようやく終った。荷物その他の処理もつき、フランスから持ち帰った残金の中から八千両ばかりの金で鉄砲その他を買い、公子が水戸へ入るのに土産として持って行けるようにした。これを民部公子に対する最後の奉公として自分は前将軍の慶喜が謹慎している静岡へ行くことにした。慶喜は退隠してしまっていたが、主人といえばこのひとなのである。静岡へ行ってなにか仕事があるとは希望もしていない。しかし、役目を果してフランスから帰った挨拶に出るべきものと考えた。

出発前に篤太夫は、お別れのつもりで、小石川の水戸の屋敷に行って、民部公子に会った。すると私のところへ来てくれないか、と不意に言われた。異国で二年間も世話になったことで、公子は篤太夫を徳としている。仕事の手腕も十分認めているのだった。

自分の一存では御返事申し上げられないというのが、篤太夫の返事であった。自分の進退についてはまだなにも考えていなかったのである。

「自分からも兄上（慶喜）にお願いしてみようから是非、水戸へ来てもらいたい」

と、民部公子は言い出した。

「私も兄上にお目にかかりたく思っているが、御謹慎中のことで憚《はば》かりもあり、遠慮申し上げておるので、駿河《するが》へ伺うのなら、手紙をとどけてもらいたい。それから、どんなお暮しをしておいでか、こちらに戻ったならば聞かせて欲しい。フランスのことも、そなたから私に代って、いろいろとお話し申し上げてもらいたい」

篤太夫は直書《じきしょ》を受けて、静岡に向った。水戸に来るようにと言われたのは、なにも前途に方針がなかった身に有難かった。

窮して来ると、外から道が開けるように出来ているようなのが、これまでにも再三あった。平岡円四郎が力になってくれたのがそれだったし、京都で原市之進からフランスに行ってくれと申し渡されたときがまた、ひそかに道が行き詰ったと感じていた折であった。その平岡だけでなく、原市之進までが篤太夫の在外中、前年の夏に京都で人に暗殺されたことは、帰朝してから聞いて驚いたことである。いかに、けわしく世間が動揺して来たことかと、目を瞠《みは》るような思いだったが、人と人とがこの世で結ばれるつながりにも、ただ偶然だけを見るわけには行かない。慶喜との遭遇も民部公子とのそれも同じことである。軽く見えて、重い。攘夷浪人で討幕論者だった自分が、心に進まずにいつのまにか、幕府側に立って、亡国の人となったというのも不思議なくらいなのである。

それも自分は別に変節をしていない。幕府に仕えていても、別の目で憚かりなく幕府を見て来たと言えるのである。これが幕府の葬礼に立ち会ったのであった。

天寿を全《まっと》うせずに道の途中で仆《たお》れた人々のことを思い返すと、篤太夫は運命というのか目に見えぬ支配をしている大きな力の前に小さな自分がおののく思いだった。平岡や原だけではない。水戸の天狗党の人々だって、そうである。死を覚悟した仕事だったろうが、思い詰めて、その道を一心不乱に歩み詰めた末が、無慙《むざん》な死だったのである。自分がまた彼らと同じ道を歩もうと決心していた人間だったのが、生きて残って、倒れた幕府の残骸の中に立っていた。幸運だったか不運だったか、知らない。ただ残ったことが未来に対して人として負うべき責務を課していると、篤太夫は信じて来ていた。

かりそめに出会った他の人間から篤太夫は恩を受けて来た。死んだその人たちに代って、こんどは自分が他人の力になるのが当然なのだと思うのだ。

人と人、このつながりが、死んだ者からも現在に残って、無形の力を築いて行くのである。西洋で見て来た富の組織化は形があって目に見えるものだったが、無形の心のつながりに、同じものが見つけられそうな心持がする。平岡も原も、篤太夫の心持の上では死んでいない。父親の心も篤太夫につながっている。狂った尾高長七郎が健康だった若い日に必死に求めたものも、篤太夫につながっている。倒れた幕府の遺臣となりながら篤太夫はこれを固く信じている。

そのとき、世の中はいっこうに暗くはなかった。

「することが一杯あって困るのだ。ただ、それを、どう道をつけて実現するかだ」

静岡に着いて見ると、江戸から移住して来たもとの幕臣で、小さい城下が、どの家にも二組、三組の家族が窮屈に入っているありさまで、宿を取るのにも困難した。いわゆる無禄移住で、もと殿様だの奥方様といわれた人たちが物を売ってその日その日を食いつないでいるのだと知った。このままでは当然、暮しに詰るから、帰農して土地を開墾するのだという話も聴いた。混沌《こんとん》としたものだし、希望のない姿なのに驚くのである。

身分だけで生活して来た人たちなので、身分を離れてから働くことを知らなかった。一例を挙げれば、江戸を離れるときに搬《はこ》べない持物を他人にやったり売り払うのに、平服の類《たぐい》を手放して、静岡に持って来たのは主人の礼服や女たちの晴着ばかりだったので、急に普段着に困っているような始末なのである。女たちが振袖を着て、炊事をしているのが笑えない姿なのである。

慶喜は、宝台院《ほうだいいん》という寺に謹慎中であった。篤太夫が、藩庁に出頭して、帰国の届出をし、慶喜公にお目どおりしたいと取次を求めると、御内意を伺ってみるという挨拶で、宿に滞留して沙汰を待つことになった。

十二月二十三日になって呼び出されて、慶喜に対面した。篤太夫は民部公子の直書を捧《ささ》げ、ヨーロッパの見聞を言上した。話すことは幾らでもあったが、なんといっても短時間のことである。境遇の一変した慶喜を仰いで、篤太夫も感慨無量であった。

退出して宿に戻ると、あとは慶喜の返事を待って水戸に行くつもりだったが、三日待っても返事がなく、四日目になると藩庁に呼び出された。御用召《ごようめし》だから礼服を着用して来いというので借着して出かけると、静岡藩の勘定組頭を命じると言い渡された。

篤太夫は、ひどく意外に思ったので、民部公子からの御直書に御返事を賜わり次第、一度戻らねばならぬ軀《からだ》なので、御沙汰はお受け致しかねますと言い立てると、水戸への御返事は別に遣わせられるから、組頭をお受けするようにと言われた。

篤太夫は、藩庁が勝手過ぎると感じたので、頑固に、これはお受け出来ぬ、「御免を蒙《こうむ》ります」と答えて、宿に帰った。

「自分は復命の用事があって出て来たもので、大公儀から七十万石の小禄に下って、人が困窮しているところへ、禄を食《は》みたくて伺ったのではない」

宿まで追ってなだめに来た知人にも、こう答えて、承知しようとしなかった。

翌《あく》る日になると、藩の中老、大久保一翁《いちおう》から呼び出しがあったので、出て行くと、

「あんたの立腹するのも無理はないが、これは先の将軍家の思召《おぼしめし》から出ていることで、民部公子が渋沢を欲しいというのはもっともだが水戸は特別の国柄だから、外から入った人間をなかなか虚心坦懐《きょしんたんかい》に容《い》れるものでなく、渋沢が行けば、苦労するだけで、思うような働きが出来ず気の毒な目を見る、渋沢はこちらで入用だからと返事して、遣らぬ

ようにせいと御沙汰があったゆえ、我々も取計らったことだ。ここで、あんたが水戸へ行けば、やはり人情として離れられぬことになる。この場合、藩の方から断ってやった方が、都合がよいのではないか、上様《うえさま》はかように仰せ出されたのだ」

篤太夫は、少し前に見た慶喜のさすがにやつれの見えた姿を思い浮べて、はっとしたように畳に手を突いた。そこまでに、前将軍家が自分などのことに心を遣って下さるのかと思うと、胸が一杯になっていた。

巴里に同行した水戸の人々の偏狭な性質に自分たちが手を焼いたことも思い合わされた。他国人を容れぬ世界だから渋沢をやっても気の毒な思いをさせるのではないか、と思いやり深く慶喜が考えてくれたのである。

篤太夫は、そのまま静岡に留《とど》まることにしたが、禄を受けるつもりはなく、勘定組頭になることも辞退した。明日のことも皆目《かいもく》予定がつかず、不安定な地位の人々で、周囲は埋められていた。

「どうなることだろう、まったく希望がない、それを考えると、くさくさする」

こういう嘆声は、どこへ行っても聞いた。

(そうでない、することはたくさんあるのだ)

篤太夫は、一々、こう言って歩きたいくらいであった。ヨーロッパで、彼が見て来たのは、主人持ちでなく、独立自由の人間が、どこへ行っても見つかることであった。否、主人を持っていても、人間が独立自由で、働くのに熱意を持っていることである。

生きるとは働くことであった。日本のように、身分だけで人間の生活が保証されている特殊の世界は、まったく亡び去る運命にあったものだし、今日のように瓦解を見たのは当然のことだったと言えるのだ。

仕事に自《みず》らの意欲を持つこと。そこから、いのちが輝き出るのだ。魂はなく形骸だけが動いているような働きではない。おのれの仕事に情愛を注ぎ入れて初めて、仕事だし事業なのである。これは、衣食するというだけのものでない。働くとは、そういうことなのだ。生活の手段だけに留まっていないで、身を打ち込んだ目的なのだ。心に至誠のある者だけが、その門に入って、独立自由の人となるのだ、と強く思った。

「あんた方が、ない、ないと訴えているのは衣食の手段だけだ。それ限《き》りのことなら、浅いものだし、やがて改まった世の中の方から、それを提供してくれるだろう。そうでなく、人間がもっと心を打ち込んで、離れられないほどの情愛を自分の仕事に感じるようなものを見つけなければ！　誠実に、それを求める人にだけ、これは恵まれる。運河を掘ろう。鉄道を敷こう。瓦斯燈《ガスとう》をつけよう。暗い世の中が明るくなるのだ。人がいまよりも文明の恩に浴して、現在に数多い不幸が、少しずつでも軽減されて行くのだ。これが人間の働くことなのだ」

水戸に帰って民部公子に仕えるのをやめた篤太夫は、静岡に留まっていながら藩庁に勤めるのを止めた。

主人は、もう要らなかった。実に、もう要らなかった。

自分がひとりで歩く自由な人となって、広い世界に好む道を求め、なすあてもない日本人の間に、自分と同じように誠実に仕事に協力してくれる者をさがすことであった。日本人は、永く眠り過ぎて、外国に遅れていた。もう、目を醒《さ》ましてくれる者が幾らでもいるはずだと思って、篤太夫は自分が嬉《うれ》しかった。

「なにもかも、これからだ、というのはなんと楽しいことだろう」

こう思った。また繰返して新しい門出の心持である。何度でも、やり直すのである。広い道が篤太夫の目の前に見えていた。

# 解説

末國善己

二〇一九年四月、二〇二四年を目処に発行される新一万円札に、渋沢栄一の肖像を使うことが発表された。また二〇二一年に放送されるNHK大河ドラマの記念すべき六〇作目が、渋沢栄一を主人公にした『青天を衝け』に決まったこともあり、〝日本の資本主義の父〟と呼ばれる渋沢栄一への関心が高まっている。

ただ渋沢に注目が集まったのは、近年だけではない。バブル景気が崩壊し日本経済に深刻な打撃を与えた一九九〇年代半ばや、リーマンショックにより世界的な経済不安が起こり、日本では派遣切りが社会問題になった二〇〇八年以降にも、渋沢の著作の復刊や、渋沢の人生と活動を紹介する経済書の刊行が相次いでいるのだ。

渋沢は『論語と算盤』で、「世の中の商売」は「利殖を図るものに相違ない」が、「真性の利殖は仁義道徳に基かなければ、決して永続するものでない」「思ひやりを強く、世の中の得を思ふことは宜《よろ》しいが、己れ自身の利慾に依つて働くは俗である。仁義道徳に欠けると、世の中の仕事といふものは、段々衰微して仕舞ふのである」と主張するなど、『論語』をベースに経済と道徳を結びつけた「道徳経済合一説」を唱えた。不況時に渋沢の思想がクローズアップされたのは、金を稼ぐためなら手段を選ぶ必要はない、他人を蹴落としてでも上を目指すのが正しいといった道徳を欠いた拝金主義が経済活動を「衰微」させた反省から、日本に資本主義を導入した原点の渋沢に立ち返り、日本を再生する道筋を探ろうとの動きがあったからではないだろうか。

日本はバブル崩壊以降、花形だった製造業はコモディティ化で新興国に追い上げられているのに、アメリカの好景気を牽引するＧＡＦＡ（Google、Apple、Facebook、Amazon）のような新たな成長産業は生まれず、国際競争と経済の長期低迷により、企業がコスト削減のため非正規労働者を増やした結果、所得格差も広がっている。そして、経済のグローバル化と市場原理主義が浸透するなか、肥大化した資本主義が弱者を切り捨てている現状への批判が高まり、〝新しい資本主義〟の形が求められるようになった。競争が不可欠な資本主義には失敗がつきものであることから、渋沢は弱者を救済したり、再起させたりする慈善活動も熱心に行っていた。拝金主義を批判し、弱者敗者に手を差し伸べた渋沢の人生に、〝新しい資本主義〟のヒントがあると考える人が増えていることが、何度目かの渋沢ブームを加速させているように思える。

血洗島（現在の埼玉県深谷市血洗島）で農家の長男として生まれた渋沢は、尊王攘夷の熱心な活動家になるが、一橋家の用人・平岡円四郎の推挙により、水戸藩主・徳川斉昭の息子で一橋家の養子になっていた慶喜に仕えることになる。慶喜が徳川幕府最後の将軍になったことで幕臣になった渋沢は、一八六七年のパリ万博に将軍の名代として出席する慶喜の異母弟・徳川昭武の随員としてフランスに渡り、銀行家のフロリヘラルド（フロリヘラルドはオランダ語風の表記で、フランス語ではフリュリ＝エラール）から近代的な銀行制度や経済システムを学び、大政奉還後の日本に帰国した。

その後、慶喜が謹慎していた静岡に向かった渋沢は、一八六九年一月に日本初の合本（株式）組織・商法会所を設立するが、同年十一月に大隈重信の説得で大蔵省（現在の財務省と金融庁）に入省、全国測量、度量衡の改正、会計に複式簿記を用いる簿記法の整備、新通貨を円とする貨幣法および江戸時代に各藩が発行した藩札と円を交換する藩札引換、国立銀行条例の実施など、近代国家日本の財政制度を構築している。

しかし予算編成をめぐって江藤新平らと対立し、一八七三年に井上馨《かおる》らと下野。大蔵省時代に設立を主導した第一国立銀行（現在のみずほ銀行）の総監役に就任したのを皮切りに、東京瓦斯（現在の東京ガス）、東京海上火災保険（現在の東京海上日動火災保険）、王子製紙（現在の王子製紙、日本製紙）、田園都市（現在の東急）、秩父セメント（現在の太平洋セメント）、帝国ホテル、ジャパン・ブルワリー（現在のキリンホールディングス）、札幌麦酒（現在のサッポロホールディングス）、東洋紡績（現在の東洋紡）、大日本製糖（現在の大日本明治製糖）など、現在も続く大企業の設立や経営に携わった。

その数は五〇〇以上とされる。なお国立銀行は、兌換銀行券（紙幣）の発行権を持っていたが純粋な民間企業で、設立順に番号が付けられており、第四銀行などは現在まで名前を変えず営業している（紙幣の発行権は、一八八四年に設立された中央銀行・日本銀行に一本化された）。

明治時代の日本は、少ない国家予算を効率的に使うため、エリートの官僚に権力を集中させ、官の指導で近代化を進める官尊民卑の社会だった。そのことは、渋沢と下野した井上が一八七四年に先収会社（現在の三井物産）を設立するなど実業界に身を置くも、伊藤博文の説得で政界に復帰し、大蔵大臣、内務大臣などを歴任したこと、政治家や官僚との関係を深め、インサイダー情報をもらったり、官営施設の払い下《じ》げ《げ》を受けたりして商売を大きくした政商が多かったことからも分かる。土佐藩の地下浪人ながら、商才が認められて土佐藩の事業を任され、土佐藩が維新勝ち組になったことで新政府にも食い込み三菱財閥の基礎を築いた岩崎弥太郎《やたろう》は、その典型といえる。

これに対し、大蔵省退官後は政府と一定の距離をおいた渋沢は、政治に依存せずに経済活動を行う企業家の育成を目指した。また明治初期に設立された大企業は、やはり岩崎弥太郎のように、顧客や取り引き先への詐欺的行為も辞さず商売を拡大しつつ、自由競争を阻害する独占企業を目指し、買収を恐れて株式も公開せず、政商であり続けて既得権益を確保するなどしたが、渋沢は益田孝とともに東京風帆船会社を設立して海運業の独占を目論む三菱汽船に戦いを挑むなど、商道徳の重視を忘れなかったのである。

拝金主義がはびこり、厳しい競争社会でもあった時代に「道徳経済合一説」を打ち出した渋沢は、なぜ官尊民卑の社会風潮の中で実業界に身を置いたのか？　渋沢の前半生に着目して、その理由に迫ったのが本書『激流　渋沢栄一の若き日』である。

作者の大佛次郎は、横浜で生まれ、一九三〇年代には現在では日本を代表するクラシックホテルとなった横浜中華街近くのホテルニューグランドを仕事場にしていた。大佛は、ヒューマニズム、平和主義、反ファシズムを掲げたフランスの作家ロマン・ロランに傾倒しており、その著作『先駆者』『クルランボオ』『ピエールとリュス』などを翻訳している。その意味で大佛が、尊王攘夷の活動家だった時代には横浜の居留地を襲撃して外国人を殺す計画を立て、フランスで最新の経済理論を学んだ渋沢を取り上げたのは、必然だったのかもしれない。

大佛の代表作〈鞍馬天狗〉シリーズは、勤王派の鞍馬天狗こと倉田典膳が、新選組を始めとする佐幕派と戦う物語として始まるが、次第に目的のためなら手段を選ばない倒幕派のやり方に疑問を持つようになり、佐幕派への敵対心を乗り越え和解の道を模索するようになる。渋沢も過激な尊王攘夷活動家から幕臣へ転身して開国派になり、一九一〇年代にアメリカが日系移民排斥運動を進めると、反日感情が高まるアメリカに乗り込み日米関係を安定化させるために尽力しているので、鞍馬天狗に近い思索の過程をたどったともいえるのである。

　物語は、旧制第一高等学校時代の大佛が、寄宿寮の近くに住む「妾」を訪ねる渋沢を待ち伏せし、その顔を見るため仲間たちと現場へ行く計画をした思い出話から始まる。このエピソードの約二十年前、ジャーナリストで、探偵小説の翻案、創作も手掛けた黒岩涙香は、自身が経営する新聞「萬朝報」で、著名人の乱倫を暴露するキャンペーンを始め、渋沢も取り上げられている。そのため渋沢の艶福家ぶりは、広く知られていたと思われる。渋沢の四男・秀雄は『明治を耕した話』の中で、母の兼子が『論語と算盤』を出した渋沢について「父様も論語とは旨いものを見つけなすったよ。あれが聖書だったら、てんで教えが守れないものね！」と語っていたことを紹介している。

　それはさておき、まず大佛は、藍玉の製造販売を行っていた渋沢の実家が、武士に金を貸すほどの豪農だった史実に着目する。だが封建的な身分制度では、金を貸す農民は、金を借りる武士より立場が下で、特に渋沢の父は武士に卑屈に接していた。こうした社会の矛盾に忸怩《じくじ》たる想いを感じていた渋沢は、ペリーの来航で徳川幕府が作った封建体制が揺らいでいると気付き、旧体制を倒す運動に邁進《まいしん》するのである。

　少年時代に武士への反感を抱えていた渋沢は、やがてフランスに渡り、日本でいえば町人のフロリヘラルドが卑屈ではなく、日本でいえば武士にあたる軍人を怖れないなど、人間が「対等」であることに衝撃を受ける。明治になって身分制度は法的には解体されたが、国民が官僚や政治家を特別な存在と見なす習慣は改まらなかった。本書を読むと、渋沢が政治に依存しない民間の企業家にこだわったのは、少年時代とフランス滞在時の経験が大きく影響していることがうかがえるのである。

江戸時代の農民といえば武士に搾取される貧しい人たちを思い浮かべるかもしれないが、貨幣経済が発達した江戸中期以降になると、大消費地の都市近郊の農家や換金性の高い作物を作っている農家では、武士を凌ぐ財力を持つ豪農も現れた。こうした豪農は幕末の動乱にも重要な役割を果たしており、庄内藩の郷士だが実家が造酒屋を営む素封家だった清河八郎は、尊王攘夷の理論的な指導者になっている。渋沢も豪農ゆえに幕府に不満を持ち、実力で外国人を排斥する行動主義に走った過激な農民の一人だったが、平岡円四郎ら現実路線の開明論者から話を聞き、考えを改めている。

大佛は、血盟団事件などテロが相次いだ昭和初期に、ロシアのカリャーエフによるセルゲイ大公暗殺事件を描いた『詩人』を発表し、続いてニコライ二世の暗殺を計画したエヴノ・アゼフを主人公にした作品を構想するも時局が発表を許さず、『地霊』として連載が始まったのは太平洋戦争後となった。これらの作品で大佛は、テロリストを生み出す時代の空気を的確にとらえたが、それは閉塞感に苦しむ渋沢ら地方の若者が、現状を打破するためテロに走るプロセスを追った本書にも活かされている。

だが人斬りと恐れられた薩摩藩の田中新兵衛や土佐藩の岡田以蔵が、結果的に歴史を進める原動力にならなかったことからも分かる通り、一見すると華々しく、同時代はもちろん後世にも強い印象を与えるテロは歴史の徒花《あだばな》でしかない。

大佛は、自分とは異なる意見を持つ人間からも話を聞き、それを商業的な農家で生まれ育ったことで培った合理性や、幼い頃から身に付けた学問などで咀嚼《そしやく》し過激な行動主義と決別した渋沢を描くことで、真に歴史を動かすには広い視野や幅広い教養が必要であると指摘してみせる。現在の日本では、幕末の攘夷熱が再現したかのように、視野狭窄《きようさく》に陥って外国人を差別、排斥する過激な言動が目に付くようになっている。本書は、攘夷論の限界と虚しさを知り思考を一八〇度変えた渋沢の柔軟さに着目しているが、こうした若き日の渋沢からも現代人が学ぶべきことは少なくないのである。

（すえくに　よしみ／文芸評論家）

本書中には、聾など今日では差別的表現とみなすべき用語がありますが、作品の時代背景、文学性、また著者（故人）に差別を助長する意図がないことなどを考慮し、用語の改変はせずに原文通りとしました。

激流《げきりゅう》　渋沢栄一《しぶさわえいいち》の若《わか》き日《ひ》　　朝日文庫

2021年1月30日　第1刷発行

著　　者　大佛《おさらぎ》次《じ》郎《ろう》

発 行 者　三宮博信
発 行 所　朝日新聞出版
〒104-8011　東京都中央区築地5-3-2
電話　03-5541-8832(編集)
03-5540-7793(販売)
印刷製本　大日本印刷株式会社


Published in Japan by Asahi Shimbun Publications Inc.
定価はカバーに表示してあります

ISBN978-4-02-264978-2
落丁・乱丁の場合は弊社業務部(電話 03-5540-7800)へご連絡ください。
送料弊社負担にてお取り替えいたします。

宇江佐　真理
**憂《う》き世店《よだな》**
松前藩士物語
江戸末期、お国替えのため浪人となった元松前藩士一家の裏店での貧しくも温かい暮らしを情感たっぷりに描く時代小説。《解説・長辻象平》

佐々木　裕一
**斬！　江戸の用心棒**
剣術修行から江戸に戻った真十郎は、老中だった父の横死を知る。用心棒に身をやつした真十郎が悪事の真相に斬り込む、書下ろし新シリーズ。

宇江佐　真理
**うめ婆《ばあ》行状記**
北町奉行同心の夫を亡くしたうめ。念願の独り暮らしを始めるが、隠し子騒動に巻き込まれてひと肌脱ぐことにするが。《解説・諸田玲子、末國善己》

木内　昇
**ある男**
「地方は、中央に隷属しているわけじゃあないのだぜ」。明治政府の中央集権体制に昂然と抗った名もなき男たちの痛切な叫びを描く《解説・苅部　直》

早川　タダノリ
**「日本スゴイ」のディストピア**
戦時下自画自賛の系譜
現代も氾濫する「日本スゴイ」言説。そのご先祖様とも言える、戦前戦中の書物から見えてくる世界とは。日本って何がそんなに「スゴイ」の？

阿部　謹也
**近代化と世間**
日本という「世間」でいかに生きるべきか――。西洋中世史研究と日本社会論とを鮮やかに連結させた、碩学の遺著。《解説・養老孟司》

山崎　雅弘
# 〔新版〕中東戦争全史
中東地域での紛争の理由を、パレスチナ・イスラエルの成り立ちや、中東戦史から解説。イスラム国などの新たな脅威にも迫る。《解説・内田　樹》

山崎　雅弘
# 〔新版〕独ソ戦史
ヒトラーvs.スターリン、死闘1416日の全貌
第二次世界大戦中に泥沼の戦いが繰り広げられた独ソ戦。ヒトラーとスターリンの思惑が絡み合う死闘の全貌を、新たな視点から詳細に解説。

山崎　雅弘
# 〔新版〕西部戦線全史
死闘！ヒトラーvs.英米仏1919〜1945
第一次世界大戦の講和会議から第二次世界大戦のドイツ降伏に至るまでの二六年間を、ヨーロッパが戦場になった「西部戦線」を中心に徹底解説。

山崎　雅弘
# 〔増補版〕戦前回帰
「大日本病」の再発
国家神道、八紘一宇、教育勅語、そして日本会議。戦前・戦中の価値観が姿を変えて、現代によみがえる。急速に進む「大日本病」の悪化に警鐘を鳴らす。

網野　善彦／鶴見　俊輔
# 歴史の話
日本史を問いなおす
教科書からこぼれ落ちたものにこそ、この国の未来を考えるヒントがある。型破りな二人の「日本」と「日本人」を巡る、たった一度の対談。

海音寺　潮五郎
# 西郷と大久保と久光
明治維新の中心に立ち革命に邁進した西郷隆盛と、大久保利通、島津久光との関係性を浮き彫りにした史伝的小説。《解説・高橋敏夫》

野火　迅
## 使ってみたい　武士の日本語
「大儀である」「ぜひもない」など武士ならではの言葉二〇七語を、池波正太郎、藤沢周平らの時代小説や、井原西鶴の浮世草子から厳選して紹介。

伊東　潤
## 江戸を造った男
海運航路整備、治水、灌漑、鉱山採掘……江戸の都市計画・日本大改造の総指揮者、河村瑞賢の波瀾万丈の生涯を描く長編時代小説。《解説・飯田泰之》

本郷　和人
## 日本中世史の核心
頼朝、尊氏、そして信長へ
中世を読み解く上で押さえておきたい八人のキーパーソン列伝。個々の人物を描き出すことで、濃厚でリアルな政治史の流れが浮き彫りになる。

山下　洋輔
## ドバラダ門
「明治の五大監獄」を造ったおれの祖父、山下啓次郎。西郷が叩き、大久保が弾く。幕末明治のヒーロー全員集結、超絶ルーツ小説。《解説・筒井康隆》

藤井　忠俊
## 兵たちの戦争
手紙・日記・体験記を読み解く
検閲があるなか、夫や息子からの手紙で家族は何を知ったか。日中戦争から太平洋戦争までの兵と故郷の交信記録を読み解く。《解説・吉田　裕》

永井　義男
## 本当はブラックな江戸時代
江戸は本当に人情味にあふれ、清潔で安全だったのか？　当時の資料を元に、江戸時代がいかに〝ブラック〟な時代だったかを徹底検証。

## 欅《けやき》しぐれ
山本一力

深川の老舗大店・桔梗屋太兵衛から後見を託された霊巌寺の猪之吉は、桔梗屋乗っ取り一味に一世一代の大勝負を賭ける！《解説・川本三郎》

## たすけ鍼《ばり》
山本一力

深川に住む染谷《せんこく》は〝ツボ師〟の異名をとる名鍼灸師。病を癒し、心を救い、人助けや世直しに奔走する日々を描く長篇時代小説。《解説・重金敦之》

## 五二屋《ぐにや》傳蔵《でんぞう》
山本一力

幕末の江戸。鋭い眼力と深い情で客を迎える質屋「伊勢屋」の主・傳蔵と盗賊頭の龍冴、男たちの知略と矜持がぶつかり合う。《解説・西上心太》

## 柚子《ゆず》の花咲く
葉室麟

少年時代の恩師が殺された事実を知った筒井恭平は、真相を突き止めるため命懸けで敵藩に潜入する――。感動の長篇時代小説。《解説・江上剛》

## この君なくば
葉室麟

伍代藩士の譲と栞は惹かれ合う仲だが、譲は密命を帯びて京へ向かうことに。やがて栞の前に譲に心を寄せる女性が現れて。《解説・東えりか》

## 風花帖《かざはなじょう》
葉室麟

小倉藩の印南新六は、生涯をかけて守ると誓った女性・吉乃のため、藩の騒動に身を投じて行く――。感動の傑作時代小説。《解説・今川英子》